작고 이상한 **책방**

작고 이상한 로맨스 시리즈 **2**

THE ODDEST LITTLE BOOK SHOP

작고 이상한 책방

베스 굿 지음 · 이순미 옮김

서울문화사

1

데이지 다이아몬드는 활기차게 모퉁이를 돌아 햇빛이 비치는 포트폴 해변 리조트 쪽으로 포르쉐를 몰았다. 파란색 실크스카프가 바람에 날려 마치 영화 촬영장에 있는 바람 기계 앞에 선 것 같았다. 하지만 바로 브레이크를 밟아야 했다.

"아, 이런 젠장!"

시내의 교차로가 모두 꽉 막혀 있었다. 바닷가에서 불어오는 시원한 바람 냄새는 매연보다 향기로웠다. 그녀의 차는 불룩한 몸체의 하얀 트럭 뒤에 갇혀 오도 가도 못하는 상황이었다.

트럭 뒤쪽에는 '유해 폐기물 적재 금지'라고 쓰인 빨간 표지판이 붙어 있었다. 적어도 트럭 뒤쪽으로 바짝 붙어도 해가 되지 않겠다 생각하니 그나마 다행이다 싶었다.

그녀는 거울을 보고 잠시 바람에 흐트러진 머리를 정리했다. 사실 스스로도 왜 교통 체증에 놀라는지 알 수 없었다. 포트폴 사람들은 언제나 여기서 '끽' 하는 소리를 내며 멈춘다. 한쪽 길은 시내에서 그림 같은 풍경의 해안가로 연결되는 방향이고, 또 다른 길은 콘월의 거친 야생과 자연으로 이어져 있다. 타지에서 오는 사람들은 인내심을 가지고 해안으로 가는 길에서 기다리고, 현지 사람들은 빨리 빠져나가고 싶어 안달이 난다. 그래서 신호등이 있어도 모든 길에서 차들이 가다 서다를 반복하며 천천히 움직이는 것이다.

길 가던 사람들이 멈춰서 데이지를 바라보았다. 자기들끼리 그녀의 이름을 속삭이는 소리가 들렸다.

"데이지 다이아몬드야!"

그런 시선을 무시하려 애썼지만 쉽지 않았다. 아마도 차체가 낮은 파란색 포르쉐 오픈카가 사람들의 주의를 끌었기 때문일 것이다. 사실 너무 좋은 차이긴 하다. 완전 새 차는 아니지만 거의 새 차와 다름없는 돈을 주고 샀다. 그래도 이제 이런 차를 끌 정도는 되었다고 생각해 지난 몇 년 동안 열심히 일한 보상으로 산 것이었다.

물론 런던에서도 흔히 겪는 일이다. 사람들이 쳐다보고, 길거리에서 멈춰 세워 사인을 청하기도 하고, 데이지와는 전혀 상관없는 대본 내용으로 일장 연설을 하기도 한다.

하지만 여기는 런던이 아니라 콘월의 포트폴이다.

데이지의 고향.

좋든 싫든 태어나 28년간 살아왔던 지도의 작은 점에 불과한 이곳.

얼마나 오래 떠나 있던 것일까?

그렇게 오래는 아닌 것 같다는 생각을 하며 포트폴의 꽉 막힌 좁은 도로를 둘러보았다.

'즐거운 나의 집.'

데이지는 얼굴에 미소를 유지한 채 뒤에서 느껴지는 아이러니한 긴장감을 무시하려 했다. 하지만 평범했던 그녀가 성공해서 고향에 왔다는 생각을 부추기기로 결심이라도 한 듯, 너 나 할 것 없이 많은 사람들이 길거리에 나와서는 그녀의 차를 노골적으로 바라보았다.

그나저나 집은 아직 멀었나?

데이지는 거울을 보며 공중에 키스하듯 입을 오므리고 입술 색을 확인했다.

그렇게 나쁘지 않군. 금발 머리는 원래 관리가 어려웠지만 런던의 스타일리스트에게 거금을 들여 관리한 덕분에 그나마 봐줄 만했다. 눈 화장도 하고, 볼도 살짝 색을 넣었다. 다른 곳도 화장을 하면 되겠지만 피부는 아무리 해도 십 년 전의 도자기처럼 매끄러웠던 상태로 돌아가지 않았다. 그때는 콘월의 촌뜨기로 조용히 지내면서도 큰 도시로 나가 성공하겠다는 꿈을 키우던 애송이 시절이었다. 하지만 이제는 조금씩 얼굴에 시술을 하자고 에이전트에게 말해야 할 시기인 것 같다. 가까스로 눈가의 주름을 커버하고 있는 것이 현실이니까.

얼굴에 손을 대기는 싫었지만 이 세계가 그랬다. 스물다섯 살이 넘어도 텔레비전에서는 스물 아니면 그보다 더 젊어 보여야 했다. 그렇지 않으면 삼십이 넘어 보인다. 사십 대에는 이 주름들이 얼마나 많아질지, 그녀에게는 상상조차 할 수 없는 일이었다.

그 즈음이면 연기를 그만두고 훨씬 여유롭고 좋은 일을 하고 있지 않을까.

하지만 당장 내년에도 캐스팅이 될 지를 걱정하는 게 현실이다. 보통은 드라마에 대한 글들도 자주 올라왔는데 지난 시즌에는 부진했고 평가도 좋지 않았다. 게다가 공동 주연인 벤과의 하기 싫은 일만이 남아 있을 뿐이다.

에이전트 필리파는 데이지의 결정을 좋아하지 않았다. 인정머리라고는 없는 그녀는 지난밤에 전화에 대고 잔소리를 했다.

"무슨 소리야, 콘월로 돌아간다니? 도대체 무슨 생각으로?"

"그냥 부모님 대신 집 보는 거예요. 부모님이 미국으로 휴가를 가셨어요."

필리파는 약 삼십 초간 말이 없었다.

"미안하지만 이해가 안 가는군. 부모님이 관리인을 두면 되잖아?"

"제가 원한 거예요."

"뭐? 전화기에 문제가 있나. '제가 원한 거예요'라는 말이 들리네. 그 콘월 바닷가를 간다고? 이 초봄에? 아직 추워서 가게들도 문을 닫았을 텐데. 4월까지는 열지 않을 거야."

데이지는 대답하기 전에 머릿속에서 셋까지 셌다. 필리파에게 무례하게 말을 하지 않기 위한 나름의 방법이었다. 어찌 됐든 필리파는 자기를 연예계로 이끌어준 사람이니까.

"거기서 나고 자랐잖아요, 제가. 그러니까 누구보다 잘 알죠. 게다가 6주 동안은 촬영도 없고……."

"그건 변명이 안 돼. 런던에 있으면서 파티도 가고 인맥도 쌓아야지. 회계사랑 얘기도 하고, 와인도 좀 쟁여놓고. 아니면 카리브 해변으로 가는 건 어때? 뭐든 현명한 사람들이 촬영이 없을 때 하는 일을 해야지."

"부모님 집에서 보이는 그 해변의 풍광이 그리워요. 예전에 쓰던 방도 다시 꾸미고 싶고."

바다를 끔찍하게 싫어하는 것 말고도 필리파가 집을 꾸민다고 페인트칠을 하는 일도 평생 없을 것이다.

"또…… 벤과도 헤어졌어요."

침묵이 이어졌다. 아주 짧지만 불길한 침묵이었다.

"언제부터야? 그 파파라치도 알아?"

필리파의 목소리가 날카롭다.

파파라치. 뛰어난 성능의 카메라와 녹음 장치로 무장하고 전혀 거리낌 없이 개인의 사생활을 침해하는 사람들. 미디어가 달려들 만한 톱스타의 사진이나 담당 편집자가 관심을 보이는 사진을 찍을 수만 있다면 무슨 일이든 하는 족속들.

다시 말해 파파라치는 데이지의 인생의 독이나 마찬가지였다. 특히 그녀를 어디든 따라다니는 그 파파라치는 심지어 화장실까지 따라와서 장비를 밑으로 들이밀기까지 했다. 론 스크로츠라는 누르스름한 머리의 교활한 사진작가이자 프리랜서 기자 놈이었다.

그녀가 짐을 싸서 어둠을 뚫고 포르쉐를 몰고 갈 때까지 숨어서 지켜보는 론의 모습은 보이지 않았다. 아마 지금쯤에는 그녀가 런던을 떠난 것을 알았을 것이다. 그런 일을 캐고 다니는 것이 그의 일이기 때문이다. 하지만 아무리 그렇고 해도 그녀가 어디로 갔는지는 도저히 모를 것이다. 그것만으로도 충분히 기분이 좋아졌다.

"아직이요."

데이지는 필리파에게 전날 저녁 휴가에 입을 옷가지들을 챙기면서 전화로 얘기했다. 청바지, 반바지, 치마바지에 혹시나 몰라 비싼 옷 몇 벌, 굽 높은 신발도 챙겼다.

"알려지려면 시간 좀 걸릴 거예요."

"왜 벤과 헤어지려는 거야? 드라마 평도 안 좋은 거 알잖아."

"가짜 남자 친구인데 헤어져서 프로그램에 어떤 영향을 끼칠지 고민하는 것보다 그 남자가 여기저기 여자들이랑 자고 다니는 거에 더 신경을 쓰는 게 너무 웃긴 거 있죠."

"수가 좋아하지 않을 거야."

수는 데이지가 지난 오 년 동안 출연한 프로그램의 책임프로듀서이다. 공동 주연이 된 벤은 수와 잠깐 사귄 적이 있는 배우였다. 데이지보다 나이가 한두 살 많은 벤은 몸매 좋고, 아주 잘생겼지만 결정적으로 너무 이기적이다. 드라마 시청률을 위해서 두 사람은 가짜로 사귀는 척을 했다. 그런데 몇 달 전 새로운 시즌의 론칭 축하 자리에서 데이지는 샴페인을 마시고 술김에 그와 자고 말았던 것이다.

정말 엄청난 실수였다.

그녀는 매 맞아 온몸에 멍이 든 여자 같다고 생각했다. 그리고 그것은 자존심의 문제였다. 벤이 무섭고 잔인한 사람이란 말이 아니다. 다만 그는 뭐든 보여주기 식이었다. 드라마도, 배역도 심지어 여자 친구도.

게다가 그는 정조 관념도 없었다. 젊고 예쁜 엑스트라 여배우가 촬영 중에 그를 유혹하면 그날로 바로 그녀와 침대로 직행할 것이다. 데이지가 그의 원나잇을 알게 되자 벤은 정말로 상처 받은 표정을 지었다. 마치 자기가 여자들의 다리를 벌린 건 그녀들을 도와주려고, 연예계로 끌어주려고 했다는 듯한 태도였다.

"사실 수가 어떻게 생각할지는 걱정하지 않아요. 벤과 잔 여자가 수 한 명만 있는 건 아니잖아요."

침묵.

데이지는 숨이 막혀 하마터면 전화기를 떨어뜨릴 뻔했다.

"저, 정말로?"

필리파는 크게 기침을 하더니 전화 연결이 안 좋은 척을 하며 말했다.

"음. 여기가 좀 바빠서 말이야. 테디와 계약하는 것도 재협상해야 하거든. 자기 몸에 좀 불만이 있는 것 같아. 0 하나를 더 붙여달라고 요구하는 것 같아. 거기…… 아무튼 도착하면 전화해."

"콘월이요."

"맞아. 콘월. 거기 전화 있지? 전화 기지국도 있겠지? 전화 잘 터지겠지?"

"아주 잘 터질 거예요."

그렇게 말은 했지만, 무슨 장난도 아니고 데이지의 휴대전화는 먹통이 되었다.

집으로 오기로 한 것이 과연 잘한 결정일까? 도로에 줄지어 선 차들과 길 양쪽으로 즐비한 오래된 가게와 건물들을 바라보며 그녀는 정말로 자기가 런던을 떠나올 만큼 큰 실수를 했는지 의문이 들었다.

데이지에게는 럭셔리한 자기 집에서 넓고 푹신한 소파에 누워 편한 명품 원피스를 입고 채식주의자들을 위한 햄버거를 먹으며 낮 시간에 하는 텔레비전 프로그램을 보면서 쉰다는 선택지도 있었다. 그런데도 그 모든 것을 마다하고 이 매연을 들이마시며 지역 미술관을 기웃거리고 해변가에 즐비한 비싼 기념품 가게와 해양스포츠용품을 구경하기로 한 것이다. 게다가 가끔은 보라색 멜빵바지를 입은 어떤 미친 여자가 격렬하게 손을 흔드는 모습도 봐야 한다.

그 여자는 마을의 큰 술집인 코치 하우스 앞에 난 길가 바로 옆에 서 있었다.

"여기 좀 봐!"

그녀는 손을 흔들면서 소리치고 있었다. 어깨까지 오는 머리를 느슨하게 뒤로 묶고 있었고 화장기는 전혀 없지만 건강해 보였다.

"헤이! 데이지 다이아몬드."

아, 세상에.

십 년 만에 포트폴로 돌아와서 불과 오 분도 채 지나지 않아 팬을 만난 것이다.

데이지는 그 여자의 얼굴을 보고는 술집의 주차장으로 들어가 차를 댔다. 빛나는 파란색 포르쉐에서 내려 미친 사람처럼 길을 건너 술집 마당의 낮은 담장을 뛰어넘어 팬의 팔에 안겼다.

"커스티!"

어찌나 꼭 안는지 숨 쉬기가 힘들 정도였다.

"이 불여우."

커스티가 데이지의 귀에 대고 말했다.

"왜 이런 시골구석으로 돌아온 거야? 런던의 호화로운 집에서 사는 줄 알았는데."

"런던 아니고 에섹스야. 집 보러 왔지. 엄마 아빠 집 말이야."

"아, 들었다. 두 분이 꽤 오랫동안 미국으로 여행 가신다고 한 것 같은데. 나는 너도 간 줄 알았지."

"미국은 이미 갔다 왔어. 멋진 풍경에, 도시는 환상적이고, 사람들도 너무 좋더라고. 하지만 나는 따로 집에서 할 일이 있어. 여하간, 이번이 엄마, 아빠의 두 번째 신혼여행이 될 텐데, 나는 빠져 줘야지."

"아, 물론 그래야지. 두 분 분명 서로 달아올라 침대에서 나올 일이 없을걸."

커스티는 자기의 격한 표현에 민망해하면서 덧붙였다.

"그럼 언제 다시 돌아가?"

"5월에 촬영이 다시 시작해."

"촬영이라니. 너무 멋지다. 지구과학이랑 지리 시간에 우리 옆 자리에 앉았잖아. 그러고 보니 두 과목 모두 지로 시작하네."

그렇지."

"그랬는데 이제는 네가 돈도 많이 버는 유명인이 돼서 내 앞에 서 있다니······."

데이지는 한숨을 쉬며 말했다.

"돈이랑 유명한 것보다 좋은 뭔가가 있었으면 좋겠어. 집에 와 있는 동안 그걸 찾을 수 있으려나."

커스티는 눈을 가늘게 뜨고는 이해한다는 듯이 말했다.

"어머, 너 좀 힘든가 보구나. 남자 문제야?"

"글쎄······."

"아무 말 안 해도 돼. 그 벤 도버 얘기잖아. 몰래 바람피우고 다녔다며?"

"뭐? 나만 모르고 다 알고 있었던 거니?"

"다는 아니지만 열성 팬들은 다 아는 사실이야. 인터넷으로 온라인 채팅 몇 번 해보니 알겠던데. 성형외과 대기실에는 잡지도 얼마나 많아. 게다가 벤은 힘도 좋고 천연 금발을 더 좋아한다고 하더라. 너는 진짜 금발은 아니잖아. 조만간 벤이 욕실에서 염색약을 발견하는 건 일도 아닐 거 아냐.”

커스티는 데이지를 위로하며 말했다.

“거 봐. 앞뒤 상황 보고 꿰맞추는 건 일도 아니야.”

데이지는 약간 속이 타는 듯한 느낌으로 친구를 바라보았다. 정말로 벤은 그 이유로 다른 여자랑 잤을까? 그녀가 타고난 금발이 아니고 공들여 염색을 한 가짜 금발이라서?

그때 신경을 긁는 소리가 들려와 데이지는 고개를 돌렸다. 예감이 좋지 않았다. 그 파파라치가 벌써 쫓아왔을까?

하지만 쓸데없는 걱정이었다. 벙벙한 바지에 얼룩이 묻은 꽈배기니트 점퍼를 입은 사내가 술집 문에 대롱거리고 있었다. 그는 놀란 표정으로 데이지를 바라보고 있었다.

“어머, 설마?”

커스티는 그 남자에게 다가가며 고개를 끄덕였다.

“내 쌍둥이 동생, 키어란이 널 이제 봤나 봐. 말더듬이 샐리도 안에 있어. 둘이 사귀거든.”

“말더듬이 샐리?”

“샐리가 누군지 모르는 건 아니지?”

반에서 가장 수줍음 많았던 그녀를 잊었을 리가 있을까. 마지막 학기 때는 자기가 죽을지도 모르는데도 물에 뛰어들어 물에 빠진

학생을 구해준 누구보다도 용감한 그 아이를.

"물론 잊을 수가 없지. 다만…… 샐리와 키어란이?"

"알아. 인연도 참 이상하지? 둘이 너무 잘 어울린단 말이야. 한 번에 두 마디 이상은 거의 안 하는 샐리하고, 끊임없이 지껄여대는 키어란이."

커스티는 웃으며 말을 이었다.

"뭐 하고 있어. 코치 하우스에 같이 들어가야지. 포트폴의 온갖 소문들을 들을 수 있는 좋은 기회야. 네가 유명인사든 아니든 오랜 친구와 술 한잔은 마셔야지."

"아, 하지만 차가……."

"잠그고 와. 그나저나 저 차 끝내준다. 그런데 서핑보드가 들어가기에는 좀 좁은가. 그래도 걱정 마. 내가 술 갖다줄게. 뭐 마실래?"

"나 운전해야 해."

"집에 거의 다 왔잖아. 딱 한잔만 해. 콘윌이잖아."

"다이어트 콜라에 얼음 넣은 거면 돼. 고마워."

커스티가 급히 쌍둥이 동생을 끌고 술집 안으로 들어가는 동안 데이지는 비스듬히 대놓은 차를 다시 주차했다. 그러고는 조수석에 있는 핸드백을 그러쥐고, 단추를 눌러 차 문을 잠갔다. 후드가 올라가면 외부의 시선과 손길이 차단된다. 다시 한 번 화장과 머리를 사이드 미러로 확인했다. 정말 필요 없는 바보 같은 일이었지만 습관이 되었다.

몸을 펴니 햇빛이 눈에 들어왔다.

그녀는 반사적으로 빛을 가리기 위해 손을 들었다. 그때 검은 청바지에 재킷 차림을 한 남자를 자기도 모르게 바라보았다. 그 남자는 건너편 가게의 그늘진 문가에 서 있었다. 쓰고 있는 모자가 이마를 덮고 있었고, 선글라스가 빛을 반사하고 있었다. 그는 데이지를 바라보면서 단단한 가슴 앞에 팔짱을 꼈다.

그가 누구인지 알아본 후에는 강렬한 충격으로 몸이 굳어지고, 입술이 벌어지면서 숨이 차고, 심장이 아파왔다.

그때 바닷바람이 훅 불어와 데이지의 스카프가 미친 듯이 휘날리며 그녀의 얼굴을 사납게 쳤다. 그녀는 떨리는 손으로 스카프를 풀려고 했다.

'그 사람일 리가……?'

미친 듯이 날리는 스카프 자락을 정리할 즈음 다시 보니, 맞은편 가게 문 앞이 휑했다. 길가에도 사람이 없었다. 마치 그 남자가 그림자 속으로 녹아든 것 같았다.

데이지는 포르쉐에 기대어 숨을 몰아쉬었다. 얼마나 바보 같은가. 저 남자의 얼굴을 제대로 본 지도 오래되었다. 생각으로만 떠올리던 그 얼굴. 과거의 망령이 나타나 억눌려왔던, 결코 사라지지 않을 그 욕망을 되살려놓은 것 같았다.

그녀의 눈길은 가게 위쪽의 먼지 쌓인 간판으로 옮겨갔다. 그 간판을 보면서 감정을 드러내지 않으려고 이제까지 쌓아온 연기 실력을 다 동원한 것 같았다. 굵은 서체로 동판에 새겨진 글자 옆 에는 웃고 있는 해골 그림이 그려져 있었다. 이것이 가게의 간판 이었다. 가게 이름을 속으로 읽었다.

'악마의 책방'

거의 해질 무렵이 되어서야 옛 친구들에게서 도망쳐 나올 수 있었다. 커스티의 말처럼 동네 소식을 듣는 것은 기쁜 일이었다. 말더듬이 샐리는 여전히 말을 더듬었지만 미소는 너무 사랑스러 웠다. 키어란도 정신없고 떠들썩하고 활기찼다. 재미없는 농담을 계속해대다가 갑자기 데이지의 등을 후려치는 바람에 탄산을 마 시다 사례가 들릴 뻔했다. 커스티는 그 모습을 보며 웃음을 지었 다. 키어란이 당구대 주위에서 맥주 다섯 잔을 마시고는 데이지 를 포함해서 모두에게 내기 게임을 하자고 하면서 막 여섯 번째 잔을 마시며 시합을 했다.

졸업 이후에는 당구를 치지 않았는데도 데이지가 이겼다. 키어 란은 이미 상당히 취한 후여서 큐볼을 계속 잃어버렸다.

집 열쇠는 뒷문의 매끄러운 붉은 돌 아래에 있었다. 엄마가 언 제나 말하던 그곳이었다.

데이지는 뒷문으로 들어갔다. 불을 켜고 서둘러 짐 가방과 몇 가지 물품을 챙겨 어두워지기 전에 들어갔다.

고작 며칠을 비웠을 뿐인데 집은 벌써 습했다. 엄마는 병적으로 꼼꼼한 사람이라 식탁 위에 자세한 주의 사항을 남겨놓았다. 비상시를 대비한 전화번호, 새로 설치한 난방 시스템 사용법, 냉동고 보관 장소, 재활용, 쓰레기 버리는 법, 심지어 텔레비전 작동법까지 적어놓았다.

웃음이 나왔다.

익숙한 나무 계단을 올라가 난방을 켰다. 부모님의 방에는 옷가지들이 짐을 싸다 만 것처럼 널려 있었다. 언니의 낡은 방과 아빠의 서재는 그나마 조금 정리가 되어 보였다.

잠깐 볼일을 보러 들어가니 아직도 화장실 창문에는 커튼이 없었다. 하지만 창밖은 들판이어서 문제가 되지는 않았다. 설마 조용히 풀을 뜯는 외로운 말이 벌거벗고 활보하는 인간들의 모습에 괴로워하지는 않겠지.

자신이 쓰던 화장실 딸린 방은 바로 위층이었다. 그곳은 낮고 기울어진 천장이 있는 다락방으로, 들보가 그대로 보이는 곳이었다. 거친 바닥은 양털 덮개로 덮여 있었다. 십 대 때는 맨발로 양털 덮개 위에 서서 높은 창 맞은편에 보이는 벌판과 바다를 바라보는 것이 좋았다. 지금도 차가운 바닷바람에 창이 덜컹거려서 난방을 켜야 할 것 같았다.

데이지는 라디에이터를 틀고 가방을 가져오기 위해 아래로 내려갔다. 삼십 분 후에 옷가지를 풀고 나서야 다락방에 온기가 돌기 시작했다.

농장으로 빠르게 다가오는 차 소리에 그녀는 깜짝 놀랐다. 갑자기 몸을 일으키는 바람에 천장 들보 위로 머리를 쾅 부딪히고 말았다.

"젠장. 도대체 누구야?"

이마를 문지르며 낮게 중얼거렸다. 그러고는 뻑뻑한 창문과 씨름을 했다. 하지만 창문이 열려 밖을 봤을 때는 아무 소리도 나지 않았다.

"쓸데없이 걱정하는 것도 병이라니까."

데이지는 중얼거리고 방의 온기가 다 빠져나가기 전에 얼른 문을 닫았다.

자신의 예전 방을 한번 둘러보았다. 언니 페니는 세금 전문 변호사가 되어 남아프리카에서 여름을 즐기는 고소득 전문직으로 안착했다. 형부는 안타깝게도 삼 년 전 요트 사고로 죽었다. 하지만 언니는 이제 네 살이 된 아들을 남아프리카에 데리고 가고 싶어 하지 않았다.

그래서 대신 부모님이 언니가 다시 올 때까지 크리스토퍼를 맡기로 했던 것이다. 크리스토퍼는 낮은 천장과 바다가 보이는 이 다락방에 마음을 뺏겼다. 그래서 그녀는 여기 있는 동안 네 살배기 조카에 맞게 방을 꾸미기로 했다. 또 오랜 촬영으로 쌓인 피로와 스트레스도 풀기로 했다. 독서도 하고, 영화도 보고 가끔 부모님을 위한 정원도 가꾸면서.

그녀는 자기 짐을 언니 방으로 옮기고 크리스토퍼를 위해 방을 다시 꾸미는 일을 시작하기로 했다.

"벽은 바다 느낌을 주는 파란색으로 하고."

데이지는 생각을 입으로 말하며 뒤를 돌았다.

"해적이 있어야겠지. 해골과 십자 모양 뼈가 밑에 그려진 그림을 침대 위에……."

하지만 곧 아까 본 가게, '악마의 책방'의 웃고 있던 해골 그림이 생각나서 웃음이 싹 가셨다.

누구의 가게인지 모를 수가 없었다.

물론 그도 데이지를 못 봤을 리 없다. 보고도 무시했겠지. 못된 자식.

데이지는 불을 끄고는 간단히 저녁을 챙겨 먹기 위해 터덜터덜 아래층으로 내려왔다. 촬영 내내 먹었던 샐러드와 두부는 이제 질려버렸다. 냉동고에서 양고기를 꺼내 감자샐러드와 콩, 그래비 소스를 얹어 먹었다. 그러고는 텔레비전 앞에서 잠이 들었다. 고향의 풍경에 긴장을 했는지 침대에 가기도 전에 그대로 곯아떨어져 커튼 사이로 들어오는 아침 햇살에 눈을 떴다.

기지개를 켜고, 거실 소파 바로 앞에 있는 러그 위에서 요가를 했다. 몇 년 전에 다른 배우에게서 명상을 소개받은 후에 푹 빠졌다. 물론 어떤 자세는 좀 우습기는 했지만. 오늘은 눈을 감고 세상의 고요함에 집중했다. 양반다리를 하고 손바닥이 위를 향하게 해서 자연스럽게 무릎 위로 올려놓고, 등을 펴고, 한쪽 콧구멍으로 숨을 들이쉬고, 다른 콧구멍으로 내쉰다.

명상은 언제나 그녀를 차분하게 해주었다.

이십 분 후에 데이지는 요가를 마치고 우아하게 일어나 화장실에 가서 평소처럼 옷을 벗었다. 물이 따뜻해질 때까지 물을 틀어놓고 소파에서 웅크리고 잔 탓에 뻐근한 몸을 풀었다. 그러고는 샤워기에서 나와 천장을 향해 두 손을 뻗은 후 천천히 한쪽 무릎을 꿇었다. 스스로가 '태양에 경의를'이라고 이름 붙인 포즈였다.

이 자세로 얼마간 있다가 눈을 뜨고는 저 멀리 들판의 거친 풀들을 바라보았다. 늙은 말이 새벽빛 아래서 풀을 뜯고 있었다.

그때 갑자기 건물 아래에서 움직임이 있었다. 집 앞에 한 남자가 개와 함께 서서는 욕실 창 앞에서 벌거벗은 몸으로 태양에게 경의를 표하는 데이지를 바라보고 있었다.

그 악마 자식이었다.

악마가 웃는다.

더 기분 나쁜 건 그의 개도 같이 웃고 있다는 것이다.

2

아니, 절대 있을 수 없는 일이다. 닉이 욕실 창 앞에 있을 줄이야. 그것도 개를 데리고 실오라기 하나 걸치지 않은 그녀의 몸을 보고 있다니.

닉 올드.

학교 다닐 때는 올드 닉(Old Nick은 악마라는 뜻 - 역자 주), 사탄, 아니면 가장 악명 높은 타락천사 루시퍼라고 불리기도 했다.

'악마의 책방'의 주인은 물론 닉일 것이다. 어제 마주쳤을 때는 짙은 선글라스를 끼고 모자를 눌러써서 얼굴을 가렸지만 데이지는 그 책방 문 앞에 서 있던 닉을 알아볼 수 있었다.

오늘은 모자도 선글라스도 없었다. 강렬한 시선은 오로지 그녀의 벗은 몸에 고정되어 있었다.

데이지도 상대를 노려보며 가까이 있는 수건을 찾았다. 하지만 수건은 너무 작았다.

제일 작은 손수건밖에 보이지 않는다. 이걸로 가슴 하나라도 가릴 수 있을까? 하지만 주위를 둘러봐도 이게 최선이다. 달리 가릴 수 있는 게 없다. 그 흔한 목욕 타월도 하나 없네. 벗은 여인을 위해 남겨진 게 아무것도 없다니!

엄마는 무슨 생각으로 욕실에 코딱지만 한 수건 한 장 남겨두고 미국으로 날아가신 것일까? 설마 소인국 사람들이 이 욕실을 찾아온다고 생각하신 걸까.

데이지는 그 조그만 손수건으로 오른쪽 가슴을 가리고는 걱정을 가득 안고 아래를 내려다보았다. 그러고는 바로 왼쪽 가슴을 가렸다. 자기가 돌리 파튼(가슴이 크기로 유명했던 미국의 여배우 – 역자 주)은 아니었지만, 그렇다고 절벽 가슴은 아니었기에 충분히 가려지지는 않았다. 한 번에 한쪽만 가릴 수 있었다.

닉이 더 크게 웃고 있다.

전략을 다시 짜야겠다. 데이지는 저 남자의 눈길이 닿는 아래쪽의 더 은밀한 부분을 수건으로 가리고 가슴은 팔을 껴서 가렸다.

닉의 검은색 래브라도가 주인의 주위를 돌며 짖었다. 그러고는 주인 옆에 앉아서 다시 웃었다.

그녀는 바닥에 주저앉아 그들의 시야에서 사라졌다. 얼굴은 벌겋게 달아오른 채 개와 그 주인을 저주했다. 하지만 대부분은 닉에게 하는 욕이었다.

'아니, 우리 집 밖에서 도대체 뭘 하는 거지? 지금이 몇 시야? 새벽 다섯 시? 여섯 시? 이건 불법 침입이잖아. 그런데 왜 닉이 여기에 있지? 나를 훔쳐보고 있었나? 닉이 설마…… 나를 스토킹하는 거야? 아냐. 말도 안 돼.'

하지만 어떻게 자기가 샤워기에서 나온 바로 그 순간에 딱 저자리에 있을 수 있는 걸까?

그녀는 힘없이 바닥을 발로 찼다. 십 대 이후에 이렇게 순수하게 분노가 치민 것도 오랜만이다. 그가 이 아랫부분도 봤을까? 가슴은 분명 봤을 것이고……. 아, 생각만 해도 부끄러워 숨고 싶었다.

어떻게 하면 들키지 않고 이 욕실에서 몰래 나갈 수 있을까? 그가 사라질 때까지 기다려야 하나? 그런데 그가 없는지 어떻게 확인하지?

조금 전의 상황을 생각만 해도 몸에 열이 났다. 그 눈빛. 그 조롱하듯 몸을 훑는 시선.

양심 있는 남자였다면 시선을 돌렸을 것이다. 예의 바른 남자면 몇 초 보고는 자기 일에 몰두했겠지. 선의가 조금이라도 있는 남자면 예의 바른 남자보다는 오 초 정도 더 바라보겠지만 그 후로는 신사처럼 시선을 돌릴 것이다.

닉은 양심적인 남자도, 예의를 갖춘 남자도, 일말의 선의를 가진 남자도 아니다. 신사는 말할 것도 없거니와 신사의 기질 자체가 없다.

데이지는 창틀에 몸을 기대고 고개를 최대한 숙이고 있었다. 그러다 천천히 다시 고개를 들어 밖을 훔쳐보았다.

아직도 있다. 여전히 웃고 있었다. 아직도 그 까만 개가 주인 주위를 돌며 짖고 있다. 둘 다 데이지가 처한 민망한 상황을 완전히 즐기고 있는 것이다.

"이 악마."

겨우 욕실을 기어서 오 분 만에 빠져나왔다. 작은 수건을 던지고 급히 아래층으로 내려왔다. 제일 먼저 닉에게 소리치고 싶어 미칠 것 같았다. 소리를 질러줄까, 때려줄까 어떻게 하는 게 좋을까. 하지만 그런 생각도 부질없이 이 관음증에 미친 남자에게 바로 달려갔다.

문 앞에 이르렀을 때 데이지의 머릿속에서 벌거벗은 몸을 보인 기억은 이미 지워져 있었다. 그런 일은 아예 없었다.

문 옆의 옷걸이에 코트 몇 벌이 걸려 있었다. 아무 생각 없이 제일 앞에 있는 재킷을 잡았다. 노란색 방수 모자로 허벅지 사이의 그곳을 가렸다. 아직 축축한 발에 아빠의 커다란 초록색 장화를 신었다. 신발 안에 거미가 집을 짓지는 않았겠지. 이제 닉 올드를 직접 대면할 시간이었다.

"이 악마!"

실제로 이 말을 하니 얼굴이 붉어졌다. 머리에서는 아직 물이 떨어지고 있었고 무릎에서 허벅지까지는 그대로 노출되어 있었다. 아빠의 방수 모자로 그냥 가렸을 뿐이어서 가슴 부분을 더 꽉 여몄다. 하지만 굴곡이 없는 남자 재킷은 큰 도움이 되지 않았다.

"악마가 차라리 낫다고 하더라. 잘 지냈어, 데이지?"

닉의 눈과 마주쳤다. 거부하기 힘든 시선을 보내고 있었다.

세상에. 십 년의 세월이 얼굴에 고스란히 나타나 있었다. 그의 눈가에 전에는 없던 주름이 졌다. 입가와 이마에도 희미하게 주름이 생겼고 얼굴색도 기억보다 짙어졌다. 매일 바닷가에서 살다시피 했던 십 대 때보다 더 짙은 색이었다.

나도 저렇게 보일까? 데이지는 문득 그런 생각이 들었다. 영화배우 같은 섹시한 옷들은 그만 입었으면 좋겠다고 생각했다. 그리고 긴 금발 머리가 황금빛으로 윤이 날 때까지 머리를 말리며 디올 화장품으로 정성 들여 화장을 하는 그 과정을 이제는 그만하고 싶었다.

그때 닉이 이미 지루하다는 표정으로 쳐다보았다. 그와 저 개새끼가.

"도대체 여기서 뭐 하고 있는 거야? 변태처럼 남의 집 욕실 창문을 훔쳐보다니."

"보시다시피, 개랑 산책 중이야. 매일 아침 이 시간에 이곳을 지나치거든. 그쪽이 갑자기 보티첼리의 비너스처럼 파도에서 나타나듯이 나온 게 내 잘못은 아니잖아. 나는 마침 지나가던 중이었는데, 네가 그때 가슴을 흔들더라고."

"가슴을…… 뭐라고?"

"할 말 다 했으면, 이제 각자 갈 길을 가면 되겠네."

"절대 안 돼!"

데이지는 손을 엉덩이에 올리며 말했다. 그러다가 아빠의 모자가 손에 없다는 사실, 즉, 가슴이 다시 완전히 드러났다는 사실에 경악했다.

"아 제길."

급히 재킷을 다시 여미며 가슴을 가렸다. 닉은 쓸쓸하게 비웃고는 고개를 저었다.

"정말 관심종자들은 어쩔 수 없다니까. 진작 알고는 있었지만. 그래서 배우가 된 거군. 하지만 보기 좀 그렇다. 정신과 상담은 받아봤어?"

얼굴이 확 달아올랐다.

"잠깐 기다려, 이 개자식아. 그리고 그딴 소리 지껄이기만 해봐. 네 그런 말 하나도 안 좋아. 개 산책이나 시켜. 그리고 여긴 사유지야. 포트폴에서 몇 마일이나 떨어진 곳이라고. 평상시에 다니던 길이라는 게 말이 된다고 생각해?"

데이지는 눈을 치켜뜨며 말을 이었다.

"아, 개 올림픽이라도 나가시게? 그럼 내 재킷 물어 당기는 것 좀 말려보시지."

그녀는 가까스로 최소한의 예의를 지키며 말했다. 자꾸 기어오르는 개를 발로 밀었다.

"아니. 그런 게 아니야."

그는 벌어진 재킷 사이로 보이는 가슴과 허벅지를 훑어보며 말했다.

"퐁고에게 이미 말했어. 네가 마당을 쿵쾅거리며 올 때부터 네가 그 페티시 같은 옷을 입든지 말든지 상관없다고 말이야. 얘는 그냥 널 도와주려는 거라고."

"퐁고(애니메이션 〈101마리 달마시안〉의 주인공인 개의 이름 - 역자 주)?"

"〈101마리 달마시안〉을 좋아하거든."

닉은 어깨를 으쓱하며 말했다.

"아니, 그것보다 페티시 같은 옷이라고?"

"글쎄. 이 시골에서 그런 젖은 비닐 옷을 입고 돌아다니면……."

"너는 맨날 그렇게 열세 살 천치처럼 말해?"

"네 행동에 맞춰주느라 그런 거지."

그녀는 눈을 깜빡였다. 방금 그가 직접적으로 던진 모욕적인 말에 뺨을 맞은 것 같은 느낌이 들었다. 마치 학창 시절로 돌아간 것 같았다. 아마 사람들에게 스타 대접을 받으며 상냥한 말투에 너무 익숙해져 있던 탓인가 보다. 하지만 방금 전의 말투에는 정말로 상처를 받았다.

"왜 여기에 있는 거지?"

데이지는 그를 노려보며 물었다.

"농담 아니야, 닉. 우리 부모님 집 근처에서 뭐 하는 거냐고. 헤어진 여자 친구를 추억하면서 슬픈 여행이라도 하는 거야? 이게 재밌어? 네가 뭘 하든 나는 관심 없어. 아주 오래 전부터……."

그의 눈이 가늘어졌다.

"여기 사니까."

"뭐, 뭐라고?"

"여기 산다고."

데이지를 똑바로 바라보며 닉은 건너편에 오래된 건물을 가리켰다.

"나 사실 저기에 살아."

"저 돼지우리에?"

"그래."

데이지는 눈에 힘을 주고 말했다.

"그럼 말이 되네. 너는 쓰레기니까."

"눈 크게 뜨고 잘 보면, 리모델링 한 걸 알 텐데. 네 부모님이 작업장 딸린 주거 공간으로 개조했어. 내가 그곳을 빌린 거고."

데이지는 믿을 수가 없었다. 농담이겠지.

"엄마는 아무 말도 안 하셨는데."

"그래? 두 번째 신혼여행을 준비하느라 바빠서서 거길 빌린 게 막내딸이랑 학교 다닐 때 헤어졌던 애라는 걸 생각 못 하셨나 보군."

그 말에 다시 상처가 후벼 파지는 느낌이 들었지만 데이지는 그것을 무시하고 마른 침을 삼켰다. 그리고 과감히 그 돼지우리로 시선을 보냈다.

금방 무너질 것 같던 예전 건물은 사라져 있었다. 지붕에 태양열 판넬이 설치되어 있었고, 창문과 문도 교체되어 있었다. 그러고 보니 아빠가 몇 년 전에 리모델링 얘기를 했던 것 같다. 하지만 아무리 그렇다고 해도 당황스러웠다.

"아. 그래. 여기서 산다고. 개랑 같이."

데이지는 바람막이 모자를 움켜쥐며 말했다.

"어쩔 때는 여기서 자고, 어쩔 때는 가게 위에서 자고 그래."

"그럼 한나는 어쩌고? 아, 한나도 여기 사는 거야?"

데이지는 입술을 깨물며 그를 바라보았다.

"내가 왜 여기서 한나와 같이 살아야 하는데?"

다시 눈썹이 말려 올라갔다. 자신의 목소리에서 다시 모욕적인 고통이 느껴졌다.

"잘 모르긴 해도…… 그러니까, 너는 한나와 결혼했으니까."

"지난 과거가 어찌 되었든 지금 내 아내에 대해서는 말 안 했으면 좋겠군. 개와 산책한다고 불평하는 게 끝났으면 나는 이만 시내로 나가서 서점을 열어야 해서. 누구처럼 관광하고, 벌거벗고 요가를 하러 온 게 아니거든. 먹고 살려고 나온 거니까."

그는 이빨로 데이지의 재킷을 끌어내리는 개를 향해 휘파람을 불었다. 그는 목소리를 낮게 깔고 말했다.

"내려 놔, 퐁고. 그럴 만한 가치도 없는 사람이야."

할 말을 잃은 데이지는 개가 모자를 내려놓고 자기 주인에게 충직하게 꼬리를 흔들며 따라가는 것을 그저 바라보았다. 그는 개를 위해 차 문을 열어주었다.

그녀는 차가 사라지기도 전에 집 안으로 들어가서 더 이상 자신의 귀중한 시간을 그에게 허비하지 않겠다고 결심했다.

마음 한편으로는 그의 가차 없는 말에 비탄에 빠지고 싶기도 했고, 또 한편으로는 차에 진흙을 던지고 싶은 마음이 들었다. 그녀는 풀이 죽어 말했다.

"정신 차려. 정신 차려. 정신 차려. 이미 오래전에 다 끝난 일이야. 그때의 어린애가 아니라고. 그냥 잊어버려."

하지만 몸은 다른 생각을 하고 있었다. 데이지는 아빠의 초록색 장화를 벗어서 현관에 두고 생각에 잠겼다. 이마를 차가운 벽에 댔다. 처음부터 대단한 결심을 하고 대면한 것은 아니었다. 그런데 그의 페이스에 말려들고 말았다.

아. 왜 그렇게 섹시한 거야? 그는 딱히 잘생긴 것도 아니었다. 정말 아니다. 턱은 튀어나왔고, 눈은 너무 차갑다. 그리고 입도 너무 크고, 짙은 머리는 집에서 자른 것처럼 들쭉날쭉했다. 학생 때도 그렇게 거칠었다. 하지만 어딘가 당당해 보였다. 전쟁에서 돌아온 늠름한 군인처럼.

이제 연륜이 묻어나는 얼굴과 지적이기까지 한 짙은 눈이 데이지의 영혼을 바닥까지 끌어내릴 것 같았다.

닉 올드의 옆에 서면 촌놈처럼 보이는 남자들 옆에서 그녀는 섹시한 여자처럼 행동했다. 그런 남자들은 닉의 넘치는 육체적 에너지를 갖기 위해서라면 살인도 할 사람들이다. 그 날것의 힘의 오라가 그가 걸어 다니고, 욕을 하고, 사람들에게 지시를 하는 동안에도 그의 몸에서 뿜어져 나오는 것 같았다. 하지만 그녀는 차라리 그렇게 욕망이 덜한 남자들과 지내는 게 낫다 싶었다. 아무도 그녀를 그렇게 증오가 가득 담긴 눈으로 바라보지 않을 테니까.

"지난 과거가 어찌 되었든 지금 내 아내에 대해서는 말 안 했으면 좋겠군."

닉은 잊지 않았다. 용서하지도 않았다.

"그럴 만한 가치도 없는 사람이야."

데이지는 움찔했다.

그녀가 고등학교 때부터 열렬히 좋아했던 그 시절의 터프한 닉에서 전혀 변하지 않았다. 무자비한 성격은 그대로였다. 하지만 그녀도 나이가 들면서 현명해졌다. 성숙한 여인이 되었다. 더 이상 겁 많던 소녀가 아니다. 그 모든 상처를 떨쳐내고 (잠시지만) 좀 더 신경 쓰이는 다른 문제에 집중할 수 있었다.

그의 아내가 저 개조한 돼지우리에서 함께 살지 않는다면, (저 자식을 버렸다고 한나를 비난할 사람도 없을 것이다) 그럼 한나는 어디에서 사는 걸까?

별거를 한다는 것은 이제 둘이 헤어졌다는 의미일까?

3

전날 저녁에 창에 달아둔 커튼 덕에 다음 날 아침에는 한결 가벼운 마음으로 샤워를 할 수 있었다. 닉이 다시 개를 데리고 돌아다니는 것을 기대하는 것은 아니었다.

학창 시절에는 서로에게 열중했다. 비밀스럽게 타오르던 감정이 있었다. 하지만 그는 이제 불쾌한 남자가 되었다.

정말 힘 빠지는 생각이지만, 데이지는 다 받아들이기로 했다. 특별한 이유 없이 그에 관한 몽상을 하는 자신의 버릇을 없앨 수만 있다면.

오늘 그녀는 어제의 스트레스가 다 사라질 때까지 기다리면서 일부러 느지막이 하루를 시작하기로 했다. 지루해서 죽을 지경이었지만 여유를 가지고 그 섹시한 남자에게서 벗어나야 했다. 그래서 날씨가 좋았음에도 불구하고 열 시가 되어서야 청바지에 셔츠를 입고 아래층으로 내려왔다.

밖으로 난 주방의 창틀에 앉아 있다가 커다란 줄무늬 고양이를 발견하고는 깜짝 놀랐다.

"안녕 나비야. 근처에서 못 봤는데. 누구네 고양이니?"

고양이는 창틀에 몸을 비볐다. 그녀가 주전자에 물을 채워 올려 놓자 고통스러운 듯한 울음소리를 냈다.

엄마가 남긴 집 안 관리 지침을 보았다. 종종 먹이를 먹으려고 왔다가 가는 고양이 얘기가 있었다.

'먹이를 주지 말 것. 곧 다시 돌아옴.'

엄마는 '주지 말 것'에 밑줄을 여러 번 그어 강조했다. 하지만 고양이의 눈이 슬픔으로 그득해 보였고, 그 조용한 울음소리가 마음을 울린 탓에 데이지는 곧 생선 통조림을 찾으러 저장고로 갔다. 십 분 후, 줄무늬 고양이는 부엌 바닥에서 접시에 놓여 있는 생선 통조림을 맛있게 먹고 있었다.

"엄마가 날 죽이려고 하겠네."

따뜻한 차가 든 머그컵을 그러쥐며 중얼거렸다.

고양이는 밥을 먹고 기지개를 켠 후 발을 핥았다. 그러고는 열린 문틈으로 나가버렸다.

"전형적인 고양이네. 먹이 달라고 아양 떨다가 고맙다는 말도 없이 저렇게 가버리고."

데이지는 건조하게 말하며 물음표처럼 말린 꼬리를 하고 사라지는 고양이를 바라보았다.

그녀는 휴대전화를 꺼내서 우울하게 쳐다봤다. 어젯밤, 닉의 결혼과 그 말투에 너무 집착한 탓에 미국에 간 엄마에게 전화할 생각까지 했다. 닉과 한나에 대해서 물어보고 싶었다. 왜 닉 얘기를 안 했는지 따져 물을 수도 있을 것이다.

하지만 눈치 빠른 엄마는 이미 짐작하고도 남을 것이다. 그와 한나의 결혼이 그렇게 급하게 진행된 이유와 그와 데이지 사이에 무언가 있다는 낌새와 그 둘의 연관성을 알아차렸을 것이다.

거기까지 생각이 미치자 오히려 당황스러워서 전화기를 멀리하는 것이 낫겠다 싶었다. 그들의 사정은 다른 루트로 알아봐야할 것 같다.

필리파에게서 문자가 와 있었다. 그녀는 여전히 벤과의 관계가 미디어의 관심을 받을 수 있는 길이니 돌아와서 그와 재결합하라고 주장하고 있었다. 데이지는 문자를 읽고는 지워버렸다.

페이스북에도 벤에게 온 메시지가 있었다.

'나를 용서해줘. 내가 바보였어. 어쩌고저쩌고.'

"웃기고 있네."

그녀는 중얼거리며 자기 계정이 해킹될 경우에 대비해서 이 메시지도 지워버렸다.

날씨가 너무 좋아서 데이지는 가방을 챙겨 포르쉐를 천천히 운전해 포트폴의 대로로 나갔다. 닉의 차는 어디에도 보이지 않았다. 어제저녁에 엔진 소리가 날까 귀를 기울였지만 들리지 않았다. 분명 그는 어제 돌아오지 않은 것이다.

어제 그녀의 육탄 공격 때문에 자기 아내에게 돌아갔을지도 모른다. 그렇다고 한들 그렇게 놀랄 일도 아니다.

데이지는 포르쉐의 낮은 좌석에 앉아 파랗게 빛나는 바다를 바라보았다. 지금 한나는 어떤 모습일까 궁금했다. 그러고는 무너지는 자신감을 재충전하며 자신을 추슬렀다.

한나는 언제나 그녀보다 더 예쁘고, 더 날씬하고, 더 똑똑했다.

닉이 한나와 결혼한다는 갑작스러운 소식을 듣고도 데이지는 전혀 놀라지 않았다. 한나가 대결에서 이겼을 뿐이고 이제 와서 그때를 생각한다 한들 아무 소용이 없었다. 데이지가 십 대 후반에 닉과 맺어졌다면 지금처럼 포트폴을 떠나 유명해지는 일은 절대 없었을 것이다. 연극 무대에 서고, 드라마 배역을 따내기 위해 오디션을 보는 일은 물론, 런던에서 돈을 버는 것조차 생각도 못 했을 것이다.

전부 다 닉을 뺏겨서 생긴 일들이다. 전화위복이라고나 할까. 가슴 아픈 상처가 더 좋은 삶, 아니 더 좋은 연인을 만나고자 하는 욕망을 부추겼다.

아니, 닉이 애인이었다는 말은 아니다.

그 오랜 후회가 송곳처럼 마음을 후벼 파고 서서히 점점 더 깊이 들어와서 마침내 숨을 쉴 수 없을 정도로 고통이 심해졌다.

그녀의 고통에도 아랑곳없이 날씨는 좋기만 했다. 태양 빛에 반짝이는 파도가 해안에 들이쳤다. 그녀는 향수에 젖은 듯이 그 모습을 정신없이 바라보며 쪽빛 대서양과 끝없이 펼쳐진 부드러운 모래사장에 또 다시 감탄했다.

왜 이런 풍경을 뒤로하고 떠난 것인지 궁금해질 정도로 아름답고 광대하고 숨이 멎을 듯한 장관이었다. 하지만 콘월의 멋진 광경은 영혼을 채워줄 수는 있지만 젊은이의 야망을 채워주기에는 부족했다. 그리고 십 대 후반의 그녀는 야망에 차 있었다. 스타가 되는 것(순식간에, 그것도 우연히 일어난)은 둘째 치고 자기가 정말 잘하는 것을 찾는 것에 정신이 빠져 있었다.

다행히 포트폴은 전처럼 붐비지 않았다. 데이지는 큰 주차장에 차를 대고 두 시간의 주차비를 지불한 후 길을 건너 철물점으로 향했다. 페인트, 벽지, 공구 등이 진열창에 나열되어 있어서, 온라인보다는 실물을 보면서 사기로 했다. 가능하면 현지 가게를 돕고 싶다는 생각도 있었고, 그녀의 부모님이 자주 이용하던 가게였기 때문이기도 했다. 기억하기로는 학창 시절 친구의 부모님이 운영하던 곳이었는데, 아마 지금도 변함없을 것이다.

열릴 때 문에서 '땡' 소리가 나자 어깨가 넓은 금발의 남자가 사다리 위쪽에서 옆으로 그녀를 내려다보았다. 데이지는 뭐가 필요한지 잘 몰라 주위를 둘러보았다.

"안녕하세요."

남자는 깊지만 따뜻한 목소리로 말했다. 콘월 지방의 사투리가 구수하게 남아 있어 친근하게 들렸다. 등을 돌린 채로 남자는 플라스틱 박스들이 올려진 선반을 조절하고 있었다.

"죄송합니다. 잠시만 기다리세요. 그나저나 오늘은 날씨가 참 좋네요."

"오늘만 좋을까요?"

"이런 날씨가 오래 가길 바라야죠."

남자는 가슴에 넓은 앞치마를 두른 채 큰 상자를 그러쥐고 사다리를 내려와서는 카운터에 내려놓았다.

"보람찬 일을 했네요. 이 스패너들이 잘못된 곳에 있었거든요. 자, 무엇이 필요하십니까?"

그 웃음이 생각날 것만 같았다. 데이지는 남자를 더 집중해서 보았다.

"앤디?"

남자의 눈썹이 올라가더니 이번에는 그가 그녀를 뚫어져라 바라보고는 이내 반가운 표정이 번졌다.

"아, 네가 왔다는 소식은 들었어. 부모님 농장에 머문다면서. 데이지 다이아몬드. 포트폴의 대스타. 잘 지냈어, 데이지? 이게 얼마 만이야?"

"정확히 십 년 만이지."

"그래? 그 정도는 아니지 않아?"

악수만 할 줄 알았던 앤디는 데이지가 볼에 키스를 하자 놀라며 말했다. 그녀는 작은 마을의 멋쟁이를 보고 미소를 지었다. 특히 그의 매끄러운 턱과 시트러스 향의 애프터 쉐이브 로션은 그가 자기 관리를 열심히 하고 있다는 것을 말해주고 있었다.

"데이지 다이아몬드와 키스했다는 말이 네 와이프 귀에 들어가면 어쩌지?"

앤디의 볼이 살짝 붉어졌다.

"나 결혼 안 했어."

"그럼 여자 친구."

"여자 친구도 없어. 결혼은 한 번 했었는데…… 지금은 엄마랑 살고 있어. 아버지는 최근에 돌아가셨고. 그래서 가게를 물려받았어."

"저런."

"아니, 괜찮아."

어색한 분위기 속에서 앤디는 급히 카운터로 들어갔다. 마치 앞의 커다란 나무 가로막이로 인해 안전한 느낌을 받는 것 같았다.

"보면 알겠지만 데이트할 기회가 많지 않아서 요새는 이렇게 일만 하고 있어. 가게에서 하루 종일 보내는 게 다야."

"듣고 보니 슬프다."

그는 그녀에게 눈길을 주지 않은 채 카운터로 상자를 옮기며 말했다.

"아니야. 혼자가 편한걸. 어쨌든 고마워. 그리고 나는 행복해."

안타깝게도 이런 말을 하고 있는 그가 너무 불행해 보였다.

앤디는 여전히 심하게 부끄럼을 타지만 잘생긴 남자로 자랐다. 그를 이렇게 방치하는 건 너무 낭비 아닌가? 마치 이상한 장소에 처박혀 있던 스패너 박스와도 같은 처지일 것이다. 그녀는 그의 결혼이 왜 잘못되었는지 궁금했다. 아마 커스티는 알고 있겠지.

그는 분명 운동도 할 것이다. 그것도 사람들 몰래. 저 두꺼운 니트 스웨터를 입고 있어도 복근과 단단한 허벅지를 숨길 수는 없다.

데이지는 금발인 남자를 좋아하진 않았다. 특히 아직도 엄마와 함께 사는 남자는 사양이다. 하지만 앤디가 자조하며 짓는 풀죽은 웃음에는 무언가가 있었다.

"그럼, 이번 주 저녁에 한잔할까? 코치 하우스에서 만나면 되겠다. 옛날처럼 말이야. 마을에서 일어나는 이런저런 얘기도 들을 겸."

그가 데이지를 바라보았다. 파란 눈이 올곧게 꽂혀왔다. 그녀는 정직한 영혼을 가진 눈이라고 생각하다가 갑자기 자기가 문학소녀라도 된 듯한 착각이 들었다.

"난 소문은 잘 몰라."

"그럼 술이나 마시지 뭐."

"술? 왜, 아니…… 싫다는 건 아니고."

앤디는 놀라워하며 천천히 말했다.

데이지는 그가 정중히 거절할 것이라고 생각했다. 하지만 자기는 그 유명한 데이지 다이아몬드였다. 그것은 분명 이 포트폴에서는 중요한 의미가 될 것이었다.

"금요일 저녁은 어때?"

앤디는 고개를 끄덕이며 말했다.

"그럼 여덟 시에 봐. 내가 농장으로 데리러 갈까?"

"그럼, 좋지. 나야 걱정 않고 술 마실 수 있잖아."

"그럼 데이트네."

'데이트……? 데이트라고?'

데이트를 의도한 것은 아니었다. 그저 동창에게 호의를 베풀자는 차원에서였다. 그것도 허우적대는 이십대 중반의 친구에게. 조금은 위축된 듯 보이는 그에게 자신감을 불어넣어주어야 할 것 같았다.

그래도 생각해보니 그와의 데이트는 완벽한 기분전환이 될 수 있을 것 같았다. 닉의 주위를 배회하다가 그 위험할 정도로 멋진 모습을 보면 다시 그에게 반할 위험이 높았다. 그보다 훨씬 안전하고 착한, 심지어 데이트할 시간도 없다는 이 남자와 아무런 위험도 없는 만남을 가진다면 닉으로 인해 뒤죽박죽된 감정을 바꿀 수 있을 것이다.

"자, 이제 뭐가 필요해서 왔는지 말해봐. 설마 나에게 데이트 신청하려고 온 건 아닐 거 아냐."

그녀는 활짝 웃으며 선글라스를 이마 위로 올렸다.

"페인트나 벽지를 보고 있어. 나도 정확하게는 잘 모르겠지만."

"색은?"

"파란색. 조카 때문에 그래. 바다를 주제로 벽을 꾸미려고 해. 해적이 나오는 그런 거."

앤디의 얼굴에 미소가 번졌다. 카운터 밖으로 나온 그는 훨씬 여유로워 보였다. 그에게는 자신감이 필요하다는 생각이 맞는 것 같다.

"그렇다면 잘 찾아왔네."

그는 벽지 묶음이 천장까지 쌓여 있고, 각종 페인트 통이 널려 있는 뒤쪽을 가리켰다.

"이리 와, 데이지. 여기 네가 원하는 게 있어."

정말로 그렇다면 얼마나 좋을까. 하지만 데이지는 말없이 웃으며 뒤를 따라갔다. 사실 런던에서 벤과 어긋난 이후로 그녀에게도 자신감 충전이 필요했다. 편안하고 친근한 콘월의 앤디 같은 남자와 몇 번 데이트를 하면 충전이 될 것 같았다.

아마 데이지는 너무 딱딱한 마음으로 만족감을 위해 엉뚱한 곳을 찾아 다녔는지도 모른다. 엄마가 자주 말하듯이 모든 것들이 비싼 것은 아닌데 말이다.

앤디가 친절하게도 물건을 배달해주겠다고 해서 그녀는 가벼운 마음으로 대로를 따라 늘어선 가게들을 구경했다. 언덕에 있던 미술관은 피자 배달 전문점으로 바뀌어 있었다. 하지만 대부분은 예전과 그대로여서 마치 시간이 전혀 흐르지 않은 것 같은 생각이 들었다.

그중 새로운 가게는 그 '악마의 책방'이었다. 처음부터 가게에 들어가고 싶은 유혹을 느꼈지만 닫힌 문을 몇 번 지나친 후에야, 가게 밖에서 진열창에 나열된 책들을 볼 용기가 생겼다.

여기는 도로가 조금 좁고 북쪽 해변으로 가는 구불구불한 길로 이어져서 자동차 소리가 컸다. 가게를 내기에는 좋지 않은 장소였기 때문에 손님도 별로 없을 것 같았다. 실은 어두컴컴한 가게 안에는 아무도 없었기 때문에 문을 닫았다고 생각했다. 닉은 점심을 먹으러 나갔거나 오늘은 아예 문을 열 생각이 없는지도 모른다. 문 앞에는 포트폴의 다른 가게들처럼 영업시간을 알리는 표지판도 없었다. 성수기 여름 시즌이 아니라서 대부분의 가게들은 장사를 하지 않는 날이 더 많았다. 어느 날 문득 가게를 지키는 사람이 오후에 갑자기 서핑을 하고 싶어지거나, 평소보다 늦게까지 잠을 자고 싶으면 그만이다. 그리고 아무도 일정한 시간에 가게들이 열기를 바라지 않는다.

데이지는 진열된 책들을 보며 생각에 잠긴 채 입술을 깨물었다. 거기에는 콘월 지방의 전설들을 아름다운 일러스트와 함께 담은 오래된 책이 있었다. 무어족의 지도와 해안선이 그려진 지도들도 있었고 최신 책들도 몇 권 있었다. 모두 중고여서 가격은 상당히 괜찮았다. 전설을 좋아하는 그녀의 아빠가 좋아할 책이었다. 그녀가 제일 좋아하는 로맨스 소설 작가인 케이티 포드의 소설도 있었다. 자신의 손때 묻은 케이티 포드의 책을 다른 사람에게 빌려준 이후로 다시는 보지 못했다. 이제는 바로 가게로 들어가서 또 다른 책을 살 수 없어서 조금 우울하기까지 했다.

하지만 그녀가 들어간다면 닉이 당황스러워하며 오해할 것이다. 책을 사러 온 것이 아니라 그저 자기를 보러 왔다는 식으로. 마치 그의 관심을 필사적으로 끌기 위해서인 것처럼.

물론 그렇지 않다. 아니, 그 반대다. 그의 관심이 그렇게 절실한 것도 아니다.

데이지가 혼자 생각에 빠졌을 때, 문이 확 열렸다.

그녀는 움찔하며 잠시 아무 말도 못하고 멍하니 바라보았다. 갑자기 입안이 마르기 시작했다. 미친 듯이 뛰는 심장도 안정시켜야 했다.

닉이 그녀를 바라보며 좁은 문가에 서 있었다.

"미스 다이아몬드, 지옥에 오신 걸 환영합니다."

4

데이지는 눈을 깜빡였다.

"뭐?"

"지옥에 온 걸 환영한다고."

망할 자식.

"아니, 그러니까…… 지옥이라니?"

닉은 머리 위의 가게 간판을 가리켰다.

"여기는 악마의 책방이니까."

"네가 그렇게 그 별명을 좋아하는지는 몰랐네. 그렇게 좋은 별명도 아닌데 말이지."

"내 이름은 닉 올드니까, 올드 닉, 아니면 악마라고 해도 그렇게 얼토당토않은 이름은 아니지. 하지만 다이아몬드는……."

그녀는 주먹을 꽉 쥐었다. 진정하자.

"다이아몬드는 에이전트가 지은 이름이야. 데이지 번틀은 배우

이름으로는 별로라고 해서. 결국 그 사람 말이 맞긴 했지."

그는 가게 안으로 들어가면서 그녀가 들어갈 수 있도록 옆으로 비켜섰다. 짙고 그늘진 그의 눈에는 아무런 감정도 들어 있지 않았다. 아마도 아무런 느낌이 없어서겠지.

"내 가게 물건들이나 살펴보시지."

데이지는 자신의 유약함에 화가 났다. 화도 일종의 방어 기제의 하나일 뿐이다. 그 넘치는 화가 부드러운 감정들을 억누르고 있었다.

그녀는 용기라기보다는 허세를 부리듯 가게 안으로 들어갔다. 그에게 눈길도 주지 않고 냉랭하게 말했다.

"그래. 저기 앞에 진열된 콘월 전설 책이랑 여기 있는 동안 읽을 소설 몇 권 살려고. 문고판으로."

"농장에서 지내는 그 지루한 시간을 때우려고?"

"맞아."

"거기서 고양이는 못 봤겠지?"

"네 거야?"

"엄밀히 말하면 고모할머니의 고양이야. 그런데 그분이 정신이 조금 오락가락해서. 씻겨주고, 털도 말려주고 해야 했는데 고양이에게는 영 좋지 못한 상황이 되어버렸지. 그래서 내가 돌봐주겠다고 했는데, 한나가…… 유기된 동물들한테는 별로 신경을 안

써서 할 수 없이 내가 농장으로 데리고 왔어. 사라지기 전까지는 내가 돌봤지."

"내가 봐서 먹이도 줬어."

"고마워. 지겨워지면 내 쪽으로 걷어차버려. 안 그러면 그 녀석이 너희 집 찬장에 있는 것들을 남김없이 먹어 치울지도 모르니까 말야."

닉이 씩 웃었다. 그녀도 마지못해 웃었다. 평범한 인간인 척하는 것도 이렇게 섹시하다니.

그는 왜 자기에게 소리를 지르거나 하지 못할까? 그게 훨씬 쉬운 일일 텐데.

그녀의 마음을 읽기라도 한 듯, 닉이 가게 문을 닫고 그녀를 바라보았다. 청바지 주머니에 손을 넣고 있는 그의 몸에서 긴장이 느껴지는가 싶더니 한순간에 편안한 분위기가 만들어졌다.

"그래서 읽기물을 찾고 있단 말이지. 그것도 많이. 벌써 시골 생활이 지겨워지셨나, 미스 다이아몬드?"

자기를 저렇게 부르는 닉이 미웠다. 건방지고 얄궂었다.

"어쨌든 여기가 런던은 아니잖아."

"언제든 마당을 가로질러 올 수 있잖아. 우리 집으로 오면 돼. 외로우면."

갑자기 명치가 쑤셨다. 저 말이 정말이라면……. 침대 위에 함께 있는 두 사람의 이미지가 머릿속에서 그려졌다. 데이지는 바로 고개를 흔들었다.

갑자기 몸이 뜨거워졌다. 온몸에서 열이 난 듯했다. 하지만 그는 유부남이다. 망할. 저 섹시한 목소리, 저 은근한 말투. 십 년이나 떨어져 있었는데도 그가 이렇게나 쉽게 자기를 또 무너뜨릴 줄은 몰랐다.

데이지는 정신 건강을 위해 싸웠다. 단순히 오랜 복수의 대상과의 불쾌한 만남에서 살아남기 위한 것이 아니었다. 자신의 감정을 필사적으로 숨겨야 했다. 닉은 양심도 없는 개자식이다. 자기 하고 싶은 대로 집을 나와서는 성스러운 결혼 서약을 깨는 것만 봐도 알 수 있었다. 만일 자기가 얼마나 쉽게 데이지의 마음을 들었다 놨다 할 수 있는지를 알게 된다면…….

데이지는 눈썹을 치켜올리며 문고판의 소설들로 시선을 옮기고는 말했다.

"얼마면 돼?"

그녀는 거만하게 물었다. 닉은 모욕적이라는 듯 숨을 들이마셨다. 하지만 대답은 차분했다.

"너처럼 대단한 스타는 분명 옛날보다 훨씬 많이 주겠지."

"책 얼마냐고."

"거짓말쟁이."

그녀는 관심이 있는 척하며 들고 있던 책을 제자리에 놓았다. 정신이 없어서 제목이 눈에 들어오지도 않았다. 그녀는 억지로 책장에서 몸을 돌려 그를 마주보았다. 그렇게 하지 않았다면 그는 아마 그녀가 두려워한다고 생각했을 것이다.

'너는 배우야. 그러니 연기를 해.'

순수하게 그의 제안을 생각한다는 듯이 그를 바라보며 데이지는 입을 오므렸다.

"흠. 겉모습은 괜찮아. 심하게 닳지도 않았고, 찢긴 곳도 없는 것 같아. 하지만 결혼한 남자와 얽히는 건 질색이야. 너무 질척거려서. 상대방 여자에게도 못할 짓이잖아."

"벤 도버 때문에 많이 당하긴 했을 거야."

연예기자들 때문에 망했다.

"벤이랑 진짜 사귄 것도 아닌데 뭐."

떨리는 목소리를 감추는 것도 어려웠지만 가까스로 무뚝뚝한 태도를 유지하며 데이지가 말했다.

"데이트 몇 번 한 게 다야. 하지만 에이전트가 프로그램 홍보에 있어서는 좋다니까 더 깊은 관계인 척한거야."

"그래서 벤이랑 잠도 안 잤어?"

"어떻게 그런 걸 물어볼 수 있어? 설령 내가 같이 출연하는 모든 남자와 잔다 해도, 네가 상관할 바는 아니야, 이 악마야."

볼이 확 달아오른 채 데이지는 닉을 보았다. 그의 경멸 섞인 말투에 분노가 일었다. 그의 희미한 웃음이 그녀를 더 화나게 만들었다.

"내가 핵심을 찔렀군, 그렇지?"

"한 대 치고 싶다."

데이지는 닉의 등을 향해 때리는 시늉을 했다.

"얼마든지."

그는 데이지에게 시선을 고정한 채 가만히 기다리고 있었다.

"가끔 너와 나 사이에 그런 게 필요하다고 생각했어, 데이지. 우리 사이에는 육체적인 싸움이 필요해. 이 억압된 에너지를 내보내기 위한 무언가 말이야."

점점 숨쉬기가 힘들어졌다.

"말도 안 되는 소리 마."

"농담 아니야. 너도 그렇게 생각하지 않아? 우리가 함께 있을 때, 주위에 전기장이 있는 것 같은 느낌이 들잖아."

그의 말이 맞다.

"아니."

그녀는 거짓말로 대답하고, 제목을 보지도 않은 문고판 책 몇 권을 챙겼다.

"이 책들 살게. 그리고 진열된 케이티 포드 책도. 아, 또 콘월 전설 책도. 다 해서 얼마야?"

닉은 조용히 진열된 책들을 가져와서는 그녀에게 건네주었다.

"네 돈은 필요 없어. 그 돈으로 자선 단체에 기부나 해."

그는 날카롭게 소리치며 카운터에 있는 기부금 모금 상자를 가리켰다.

"기꺼이 내야지."

"책 가지고 나가!"

그가 갑자기 버럭 화를 내며 돌아섰다. 그의 구부러진 어깨와 나머지 몸 전체에서 파괴적인 기운이 흘러나왔다.

그녀는 서둘러 지갑에서 이십 파운드를 찾아 카운터에 내고, 아무 말 없이 가게를 나왔다.

데이지가 차에 뛰어드니 조수석의 책들이 같이 널뛰기를 했다. 손이 아직도 떨려서 아팠다.

'망할, 망할 자식.'

그녀는 가게 안에서 무슨 일이 일어났는지 정확히 이해가 되지 않았다. 가벼운 대화로 시작한 것이, 서로에게 추파를 던지고는 서로 잤다는 식의 비난이 오고 가는 싸움으로 번졌다. 하지만 무엇 때문에 닉에게 끌리는 것인지 알 수 없었다. 학생 때도 그렇고 오랜 시간이 흐른 지금도. 그녀는 학창 시절 저 개자식에게 빠져 있었다.

그때도 한나가 둘 사이에 껴 있었다. 그의 법적인 아내. 단순한 하룻밤의 상대가 아닌 여자.

"나는 절대 남의 결혼을 파탄내지는 않을 거야. 절대, 절대, 절대로. 닉을 다시 볼 수 없는 한이 있더라도."

데이지는 이마를 핸들에 부딪치며 중얼거렸다. 그러다가 앤디와의 데이트 약속이 생각났다.

"아, 빌어먹을."

집에 가는 것(런던 집이 아니라, 콘월에 있는 부모님의 집)이 갑자기 이 모든 일의 해답처럼 보였다. 닉과 대면한 후, 그녀는 마치 바깥 세상이 존재하지 않는다고 생각하는, 아니면 어른들의 세상은 전혀 알지 못하는 아이처럼 침대 위에 몸을 웅크리고 누워 있고 싶었다. 차갑고, 당황스러운 순간으로 가득하고, 비정하며, 양날의 선택만 있는, 결코 바로잡을 수 없는 치명적인 선택의 오류들이 가득한 어른들의 세상이 싫었다.

모욕감에 얼굴이 빨개진 그녀는 서둘러 시내를 빠져나왔다. 빠르게 돌진하는 포르쉐의 소리에 사람들이 놀랐다.

바다는 전처럼 반짝였고, 파란 파도는 웅장했고 높은 절벽은 하나하나가 절경이었다. 하지만 그토록 사랑했던 대서양 해변도 데이지의 눈에 들어오지 않았다. 머리를 헤집는 단 하나의 모습 때문이었다.

온몸이 분노와 증오로 가득 차 자기에게서 등을 돌리고 나가라고 소리치는 닉의 모습.

그녀는 핸들을 꽉 잡고 농장으로 가는 마지막 코너에서야 속도를 줄였다. 하마터면 목숨을 내놓을 뻔했다. 스스로에게도 설명할 수 없었다. 닉의 증오는 그녀에게 세상이 끝난 것 같은 느낌을 주었다.

십 년 동안 말 한 번 안 해본 남자!

반대쪽에서 자전거가 차선을 무시하고 내려오고 있었다. 자전거를 타고 있는 사람은 반바지 아래로 털이 숭숭한 다리를 드러내놓고 배낭을 메고 있는 남자였다. 하지만 차선을 나누기도 힘든 좁은 도로여서 그를 비난할 수도 없었다.

데이지는 공포에 찬 그 얼굴을 보고는 포르쉐의 브레이크를 급히 밟고 몇 백 야드 앞에서 심하게 흔들리며 정차했다. 앞 범퍼가 두꺼운 나무 울타리에 거의 박힐 뻔했다.

"정신 나갔나!"

자전거를 탄 사람이 주먹을 흔들며 소리친 후 포트폴을 향해 코너를 꺾어 갔다.

그녀는 잠시 후 그대로 앉아서 다리의 떨림이 멈추기를 기다렸다. 자신을 저주하며 전적으로 자기의 잘못이라는 것을 인정했다. 여기서 자란 그녀는 저기 저 사각의 코너가 얼마나 위험한지 잘 알고 있었다. 어릴 때부터 관광객들이 저 지점에서 길 밖으로 이탈하는 것을 봐왔기 때문이다.

하지만 그녀의 머릿속은 닉으로 가득했다. 마치 뇌가 바이러스에 감염된 것 같았다. 그를 머릿속에서 내보낼 수가 없다.

"책 가지고 나가!"

'닉 올드에게 그만 집착해.'

화가 났다.

포르쉐에 기어를 넣고, 조심스럽게 농장 안으로 들어가며 모범 시민이 하듯 백미러로 주위를 살피며 천천히 들어갔다.

닉은 별거 아니라고 자신에게 계속 말했다. 그를 잊으라고. 털어내라고. 하지만 심장은 아직도 심하게 고동치고 있었다.

농장 마당에 차를 댄 후 데이지는 차 한 대가 이미 주차되어 있는 것을 보았다. 빨간색 폭스바겐 골프였다. 뒤쪽 라이트 한쪽이 깨져 있었고, '아이 러브 콘월' 스티커가 범퍼에 붙여 있었다. 키가 크고 마른 긴 금발 머리 여성이 하얀 힐을 신고 운전석 차 문에 기대서 있었다. 팔짱을 낀 그녀는 몇 시간 동안 그곳에 있었던 듯 초조하게 데이지가 나타나기를 기다리고 있었다.

닉의 아내, 한나였다.

그녀에게 대항할 계획을 세우기에는 시간이 없었다. 한나가 여기 왜 왔는지 생각할 시간도 없었다. 겁쟁이처럼 줄행랑을 칠 시간은 더더욱 없었다.

제길.

데이지는 골프 옆에 차를 세우고 문을 반 정도 내렸다. 더 내렸다가는 면상을 맞을 수도 있기 때문이었다. 한나는 점잖은 대화의 기술이라고는 모르는 사람이다. 아카데미 여우상 뺨치는 연기가 필요할 때다.

연기자로 갈고닦은 최고의 가식적인 웃음을 한나에게 보이며 말했다.

"안녕, 어머나. 여기서 너를 보다니, 너무 반갑다."

목소리가 떨리지 않아 다행이다.

"잘 지냈어, 한나? 예쁘다. 정말이야. 그 하이힐도 그렇고. 콘월 같은 시골에서 그렇게 눈에 띄는 차림을 하다니. 그런데 네 남편 어디 있어?"

"그걸 내가 어떻게 알아?"

데이지는 한나의 싸늘한 시선이 조수석에 펼쳐진 책들로 옮겨지는 것을 보며 가슴에 공포감이 퍼지는 것을 느꼈다.

"그래, 시내에 있을 것 같아. 좀 전에 그 가게에서 책을 좀 샀거든. 가게가 정말 좋더라. 학교 다닐 때는 걔가 책벌레인 줄은 몰랐지 뭐야. 나도 책을 좋아하긴 했지만 그래도 문학 성적이 제일 좋은 건 닉이었으니까. 그래서 뭐 그렇게 이상한 일은 아니라고 생각하긴 했어."

데이지는 시동을 끄고 친근한 웃음을 만면에 띠우기 위해 노력했다.

"너도…… 그러니까…… 책을 많이 읽어?"

"쓸데없는 소리 집어치워, 데이지. 나도 상황은 알고 있어."

"그래?"

"닉에 관련된 일은 언제나 빠삭하다고."

그 말은 사실일 것이다. 데이지는 부러운 마음으로 생각했다. 아무렴. 닉이랑 결혼을 했는데. 그의 아내인 한나가 닉의 악마적이고 꼬인 마음에 대한 날카로운 혜안이 있다는 것은 충분히 납득할 수 있었다.

"미안한데, 무슨 말인지 모르겠네."

"닉이 네 부모님 농장 집으로 옮기고 하루 종일 여기서 시간을 보내는 게 이상했는데. 닉이 왜 그랬는지 알겠어."

"도대체 왜 그랬던 건데?"

한나는 데이지에게 몸을 기울였다. 그녀의 차가운 파란 눈은 결의에 차 있었고, 코끝은 열린 창틈에 맞춰져 있었다.

"내 남편이 너랑 놀아나고 싶어 하잖아. 언제나 그랬어. 앞으로도 그러겠지. 하지만 내가 경고하는데, 이 오만한 여자야, 닉이 너한테 손가락 하나 대기라도 하면…… 닉이 그토록 원하는 이혼은 절대 해주지 않을 거야."

5

그 두 번의 끔찍한 만남이 있었던 그날 밤, 데이지는 잠을 자기보다는 블라망주(푸딩과 비슷한 디저트-역자 주)를 천장까지 쌓아두고 먹는 것이 더 낫겠다는 생각이 들었다.

닉을 생각했다가도 다음 순간에는 한나의 격한 분노가 떠올랐다. 그리고 다음으로는 훨씬 비참한 앤디가 생각났다. 데이트를 하기로 한 앤디. 막다른 골목에서 희망으로 반짝였던 데이트. 마지막으로 휴대전화 화면을 켜 시간을 확인한 것이 새벽 네 시였고 이후로는 고통스러운 선잠에 빠졌다. 그러고는 새들이 지저귀는 소리가 드릴 소리보다 크게 들려 할 수 없이 침대에서 나왔다. 너무 이르다 싶은 다섯 시 반에 옷을 입고 아래층으로 내려갔다. 요가 수업을 받다가 소방훈련을 하던 아침이 생각났다.

나무 자세를 몇 번 시도하다가 포기하고는 베이컨과 달걀로 아침을 먹기로 했다.

"베이컨과 달걀이라."

데이지는 천장 선반에 걸린 가장 큰 프라이팬을 꺼내면서 중얼거렸다.

"베이컨과 달걀만 있으면 모든 병을 치료할 수 있지."

그녀의 병을 치료할 수는 없겠지만 적어도 맛은 있을 것이다. 촬영이 있을 때는 결코 먹을 생각도 못 하는 이 사악한 음식을 앞에 두자 기분이 좋아졌다.

빈 접시를 씻으면서 내일은 요가를 해서 반드시 몸매를 원래대로 되돌리겠다는 다짐을 했다. 그때 밖에서 들려오는 요란한 엔진 소리에 몸이 굳어졌다. 이번에는 닉일까, 아니면 또 한나일까? 누구든 위험하겠지. 하지만 그것은 쓸데없는 걱정이었다. 커스티가 부엌으로 들어오고 있었다.

"와, 벌써 일어난 거야? 놀랍네. 사실 네 방 창문에 돌이라도 던져야 하는 거 아닌가 걱정했거든."

커스티는 조금 들뜬 목소리로 벽시계를 보며 말했다. 일곱 시가 다 돼가고 있었다.

"짱돌을 던질 생각은 아니었겠지?"

"네가 얼마나 깊이 잠들었느냐에 따라 다르지."

"매일이 어제 같으면 절대 깊이 잘 수는 없을 거야. 가벼운 잠도 제대로 못 잘걸. 밤새 뒤척였거든."

"죄책감 때문에?"

"무슨 소리야? 무슨 말을 들은 거야?"

"아무것도 아니야. 왜, 무슨 일 있었어?"

데이지는 입술을 깨물며 주저했지만 누군가에게 말하지 않으면 미쳐버릴 것 같았다.

"어제 누가 찾아왔어."

"설마 닉?"

"아니."

"그럼 누구, 누구, 누구?"

"뭐 누구 귀신이라도 붙었어?"

"빨리 말해."

"내가 한순간 타락했었다는 증거를 없애는 데 힘을 보태준다면, 기꺼이 말해줄게."

데이지는 기름을 닦아낸 프라이팬을 가리키며 말했다.

"이렇게 기름진 음식은 몇 년 만에 먹어."

"자, 됐어. 너도 참 안됐다. 나는 아침에 이런 음식 없이는 못 살아."

커스티가 프라이팬을 말려 다시 천장의 선반에 걸고 묻지도 않고 차를 만드느라 부엌을 부산하게 돌아다니는 동안 데이지는 한나가 했던 이상한 협박을 말해주었다.

"그래서, 너는 닉이랑 잤어?"

커스티는 신선한 우유를 찾느라 냉장고 문을 열면서 아무렇지도 않게 물었다.

"말이 되는 소리를 해. 자다니."

"그럼 도대체 한나는 왜 그런 말을 한 거지?"

"솔직히 모르겠어. 닉은 나랑 자는 건 고사하고 나를 미워하는 것 같더라고. 어제 잠깐 봤는데 뭐랄까…… 생각보다 나를 많이 싫어하더라. 그냥 한나가 정신이 나간 거 아닌가 몰라."

"한나 올드는 폭력적이고 위험하고, 뭐 이외에도 많은 자질이 있지만 미친 건 아니야."

커스티는 데이지 앞으로 차를 내밀고 맞은편에 앉아 말했다.

"내 생각에 닉이 무언가 너와 관련이 있는 일을 한 것 같아. 그런데 그걸 한나가 알아차린 거지. 그러니까 닉 올드는 학생 때부터 너를 좋아했잖아. 이건 올드 일이니까 올드 뉴스. 알겠어? 올드의 뉴스라고."

"아재개그 그만해."

"하지만 한나가 아직 그가 뭔가에 꽂혀 있다고 생각한다면 단순한 추측만은 아니겠지. 둘이 같이 살지는 않지만 아직은 부부잖아. 한나는 누구보다도 닉과 가까운 사람이야."

"둘이 같이 안 살아? 둘이 별거한다는 거야? 닉이 그냥 여기를 작업실로 쓰는 건 줄 알았는데."

"나도 잘 모르겠는데, 닉이 꽤 자주 여기 와서 자고 가는 것 같아. 한나의 말로 짐작해보면, 닉이 이혼을 요구한 것 같네."

닉이 청혼했다는 말을 전할 때 짜릿해하던 한나의 모습이 기억났다. 승리에 취한 듯한 모습이었다. 데이지는 그 당시 찢어지는 마음을 감추고 웃음을 지으며 둘의 행복을 빌어주는 척해야 했다.

"둘이 왜 헤어졌는지 궁금해."

"지금까지 지켜본 바로는, 그 둘의 결혼 자체가 그랬어. 결혼하고 얼마 안 된 신혼 때도 서로 사랑하는 사이 같진 않았어. 그때너는 런던으로 떠난 후였고. 한나는 정말 무시무시한 성격의 소유자잖아. 걔가 너를 쫓으면 조심하는 게 좋을 거야. 세상에, 그사람들 많은 데서 유리로 된 재떨이를 닉한테 던졌잖아. 파티에서 말이야. 그게 바로 튀면서 담배꽁초랑 다 머리에 맞고. 키어란이 그를 병원에 데리고 갔어. 꿰매야 했을 거야. 결혼 첫해에만 닉이 세 번이나 집을 나갔을 거야. 그러고는 한나가 닉을 떠났지. 그런데 한나 아버지가 집을 사줘서 잠시 안정되는 것 같기도 했어. 적어도 닉은 그래 보였지."

커스티는 어깨를 으쓱하며 말을 이었다.

"아마 그 황폐한 삶에 지친 걸지도 몰라. 닉은 더 좋은 삶을 살권리가 있어. 더 좋은 대접을 받아야 한다고."

데이지는 머그컵을 감싸 손을 데웠다. 그 안에서 돌아가는 찻잎을 보며 말했다.

"나는 한나가 왜 이혼을 안 하겠다고 버티는지 모르겠어. 사랑하는 것도 아닌데 왜 억지로 붙잡아 두려는 거지?"

"한나는 닉을 사랑한 적이 없어. 처음부터 한나는 장난이었지."

"그럼 왜 결혼까지 했대?"

"너를 물 먹이려고 그랬을 거야."

"말도 안 돼."

"그 결혼을 보고 든 생각이야. 그래도 닉은 적어도 그 순간은 한나와 사랑에 빠졌다고 생각했을 거야. 그렇지 않으면 결혼까지 했을까?"

데이지도 밤새 그 질문에 괴로워했지만 답을 찾을 수 없었다.

"그런데 넌 왜 이렇게 아침부터 찾아왔어?"

"날씨 좀 봐. 청량한 바람이 부는 맑은 날이 될 거래. 하루 종일."

"아, 안 돼. 안 돼……."

"잠수복 가져왔지?"

"내가 에섹스에 산다는 건 알고 있지? 대부분은 촬영하느라 시간을 보내는데, 무슨 잠수복이 있겠어?"

"아, 그럼 옛날에 입던 건?"

"얘, 내가 십 대 때 제일 작은 사이즈 입었잖아. 최근에도 그렇게 말라본 적이 없어. 한쪽 다리도 겨우 들어갈까 말까 할 걸. 진짜로 옷장에 있는지도 잘 몰라. 있다고 해도 멀쩡하지 않을걸."

"걱정 마. 내 거 빌려줄게. 내 사이즈랑 비슷하잖아. 아니면 시내에서 하나 사도 되고."

"나 서핑 안 할 거야."

"그럼 보디 보드 타는 건 어때?"

"그것도 안 해."

"수영은?"

"나는 5월까지는 해변에 발가락 하나도 담그지 않을 거야. 그때쯤이면 집에 가는 중이겠지."

"뭐래."

커스티는 짜증이 난 듯이 뒤로 기대며 팔짱을 꼈다.

"좋아, 그렇게 나오시겠다 이거지? 내가 언제든지 한나네 집 문에 쪽지를 밀어 넣을 수 있다는 거 알지. 한잔하자고 말이야. 그럼 그곳이 아마 수갑 차는 곳이 될 거야."

"못된 것."

"겁쟁이."

"그래도 해변엔 가지 않을 거야."

"그래. 한나가 화장실 간 사이에 닉에게 말을 걸려고 했던 여자의 머리를 벽난로에 처박았던 때가 크리스마스 때였지, 아마. 그때 불도 피워져 있었을 거야. 그래서 여자 머리가 이렇게 불에 그슬려서 사자머리가 돼서 벽난로에서 나왔어. 둘 다 술에 취해서 다행이었지 안 그랬으면 경찰이 출동했을 거야. 하지만 금요일 크리스마스 때 코치 하우스가 어떤지 너도 알잖아. 누구 하나 죽지 않는 한 경찰은 콧방귀도 안 뀌는 거."

데이지는 머리를 탁자에 묻고 그르렁거렸다.

"알았어."

한 시간 후에 데이지는 해변의 주차장에 서 있는 작은 밴의 뒷좌석에 앉아 있었다. 침대 밑에서 찾은 커스티가 예전에 입던 검은색 잠수복이 몸을 꽉 조이고 있었다. 그녀의 잠수복은 입을 수 없을 것 같았다. 마지못해 다리를 넣어봤는데 온몸이 쪼그라드는 것 같은 느낌이 들었다. 가슴은 양쪽으로 삐져나올 듯 했고, 밑 부분도 조였다. 하지만 무엇보다도 심각한 문제가 있었다. 커스티의 잠수복은 폭은 둘째 치고 길이가 맞지 않았다. 커스티는 그녀보다 몇 인치 작아서 스몰 사이즈를 입었다. 그래서 가까스로 한쪽 발을 넣는데 성공했다고 해도 나머지 몸을 가려줄 부분이 더 이상 남아 있지 않았다.

초봄의 대서양의 차가운 물도 문제였다.

커스티가 밴의 옆쪽을 두드리며 말했다. 그 소리가 소름끼치게 차 안으로 퍼졌다.

"왜 그렇게 꾸물거려? 어서 나와. 나 벌써 지루해."

"안 맞아."

"뭐가 어떻다고?"

"다리가 너무 껴. 그리고 가슴도 그렇고."

"걱정 마. 그렇게 춥지 않을 거야."

"잠수복 안 입고 들어가면 삼십 초 안에 막대사탕처럼 얼어버리 거야. 위쪽에 있는 서핑 가게에 가서 좀 더 큰 걸 사다 주면 안 돼? 지갑은 앞좌석 가방 안에 있어."

"아니, 안 돼."

커스티는 참지 못하고 밴의 뒤쪽으로 올라와서는 데이지의 쩔쩔매는 모습을 보며 웃었다. 다리와 배 앞쪽으로 잠수복의 나머지 부분이 꺾여 있었다.

"자, 내가 도와줄게."

"아냐, 정말로. 괜찮아. 아야!"

"일어나봐. 아니, 여기는 너무 좁다. 밴에서 나와. 그렇지. 수건도 가지고. 자, 내가 이렇게…… 어머."

이번에는 둘 모두 뒷문에서 넘어져서 서로 얽혔다. 이제 커스티가 소리칠 차례였다. 데이지는 바로 일어나서 커스티의 허벅지 사이에 있는 발을 빼냈다.

"아주 잘했어. 세상에, 바람이 너무 차. 우리 그냥 포기하고 따뜻한 차 한잔 하는 게 어떨까? 바닷가 쪽에 새로 생긴 카페가 아늑해 보이던데……."

"차? 너무 물러 터졌어. 이 차도녀!"

"사리분별을 할 줄 아는 거겠지."

커스티는 데이지를 잡고는 질질 끌었다.

"그래. 그러니까 빨리 배를 좀 집어넣어 봐. 내가 뒤에서 올려줄게. 준비됐어?"

"아니."

"좋아. 자, 셋 셀게. 하나, 둘……."

"잠깐만, 아직 안 돼."

"셋!"

데이지의 비명이 포트폴의 계곡에 퍼졌다.

커스티는 데이지의 팔을 수영복 소매 밖으로 힘껏 빼냈다. 너무 아팠다. 그러고는 데이지에게 다시 숨을 들이쉬라고 하고는 그녀의 등에 무릎을 대고 등 쪽의 지퍼를 목까지 올렸다.

"자, 이제 좀 제대로 됐나……. 다리도 그렇게…… 짧지는 않고."

커스티는 주저하면서 데이지의 주위를 돌았다. 그러면서 약간은 의심스러운 표정으로 물었다.

"좀 짧은가?"

고무 옷 안으로 몸을 꾸겨 넣은 데이지는 앞으로 뒤뚱거리며 걸어가면서 갑옷을 입은 것처럼 어색한 소리를 냈다.

"걸을 수도 없어. 그러니 몸을 숙여보라고는 말도 하지 마."

"벤 도버라고?"('몸을 숙이다'라는 뜻의 bend over를 소리 나는 대로 하면 Ben Dover로 들리는 말장난 - 역자 주)

데이지는 웃다가 바로 아파서 웃음을 멈췄다.

"젠장."

"움직이지 마, 움직이지 마!"

"왜?"

"이런."

"왜, 무슨 일이야? 왜?"

데이지는 말이 없는 커스티를 보며 공포에 휩싸였다. 고통 없이 아래를 내려다보려고 했다.

"잠수복이 찢어졌어? 뒤쪽이야? 아니면 어디야?"

"그건 아니고, 여기 뭔가가 있어서."

커스티는 데이지의 왼쪽 엉덩이를 시험 삼아 주물렀다. 신기하게도 불쾌한 느낌이 전혀 나지 않았다.

"도대체 뭐야, 커스티?"

"왜?"

"무얼 하는지는 모르겠지만 기분이 좋아."

"이 레즈비언 같으니. 아니 나쁘다는 게 아니라 내 말은 요새 제일 섹시한 여자들이 레즈비언이라고 하더라고. 아니면 바이."

"그건 텔레비전에서나 그렇지. 음, 그래 그건 나쁘지 않아. 내가 마사지를 좋아하기는 하지. 잠수복 입고는 안 해봤지만. 다른 쪽도 해줘."

"장난 그만해. 심각하다고. 안에 뭔가가 있는데. 잠수복 때문에 볼 수가 없지만 내 생각에는……."

커스티는 잠시 멈추고 목소리를 깔았다.

"데이지, 놀라지 마. 너한테 혹이 생긴 것 같아."

"혹?"

"응."

"진짜?"

"네 거기에…… 혹이……."

"망할. 농담이라고 말해줘."

"아냐. 잠시만. 한 번 더 해볼게. 분명 움직이는 것 같아."

"움직인단 말이지. 내 거기에 움직이는 혹이 있단 말이지."

"좋은 일이지 뭐야. 어딘가에서 읽었는데, 암이면 혹이 안 움직인다더라."

"네가 의사도 아니고, 확실한 건 아니잖아."

데이지는 울고 싶은 심정이 되었다. 숨을 쉬기도 힘들었다. 잠수복 위쪽이 너무 꽉 껴서 그런 것만도 아니었다.

"암? 혹이 있는 것도 모자라서, 암일지도 모른다고? 아니……
도대체 내 거기에 무슨 암이 생겼다는 거야?"

"나도 모르지. 거기 암?"

"거기 암? 그런 것도 있어?"

"네 말대로 내가 의사도 아닌데 어떻게 알겠어. 네가 직접 보는
게 낫겠다. 왜냐면, 이게 꽤…… 그래 숨긴다고 될 일도 아니고.
혹이 상당히 크거든."

데이지는 더 이상 참기가 힘들었다.

"기분이 안 좋아. 지금 당장 확인해봐야겠어. 이것 좀 풀어봐."

데이지는 팔을 뒤로 돌려 지퍼를 내렸다.

"하지만 다시 입으려면 시간이 걸릴 텐데."

"상관없어."

지퍼가 갑자기 내려가면서 살에 붙어 있던 잠수복이 떨어져 나
가 벗겨지기 시작했다.

"빨리 도와줘."

"조심해. 다치지 않게."

커스티는 잠수복을 천천히 데이지의 튀어나온 엉덩이까지 끌
어내렸다. 커스티가 목소리를 낮추더니 이상한 소리를 냈다.

"아, 아…… 젠장. 이제 보인다."

"왜? 어떻게 생긴 거야?"

"가만히 있어봐."

"어떻게 생겼냐니까."

"아, 세상에. 그렇게 미친 듯 뛰지 마. 여기, 여기 봐."

커스티는 데이지의 눈앞에 낡은 파란 양말을 들이댔다. 양말은 공처럼 둥글게 말려 있었다.

"이게 암의 정체였어."

"뭐?"

"내 양말 한 짝. 혹의 정체는 내 양말 한 짝이란 말이야."

데이지는 할 말을 잃어 멍해졌다.

"잘됐다. 양말 한 짝이 어디로 갔는지 항상 궁금했는데 말이야. 정말로 미스터리였어. 몇 년 동안 서랍에 다른 한 짝만 있었거든. 아빠는 세탁기가 집어삼킨 거라고 했는데. 이건 말도 안 돼. 마지막에 양말이 안에서 벗겨진 것도 모르고 그대로 잠수복을 벗었나 봐. 아, 아야. 왜 그래, 데이지. 왜 때리고 그래?"

데이지는 고무 옷을 입은 커스티를 이리저리 꼬집고 때리면서 맨발로 흙과 돌 위로 주춤주춤 하면서 주차장을 가로질러 갔다.

그때 뒤에서 들려오는 남자 목소리에 몸이 굳어졌다.

"즐거워 보이네, 아가씨들?"

데이지는 이런 불운을 믿을 수 없었다. 이 망할 잠수복은 허벅지에 껴서 달랑거리고 있었다. 분명 엉덩이도 실룩거리고 있을 것이다. 가슴이 이렇게 흔들리고 있으니 말이다. 급히 잠수복을 위로 끌어올려 엉덩이를 덮고 가슴 쪽에서 젖꼭지가 나왔는지 다시 확인했다. 다 괜찮았다.

하지만 속이 꼬여왔다. 뒤를 돌아서 목소리의 주인공과 마주 봐야 한다니. 그 목소리는 의심의 여지가 없었으니!

6

목소리의 주인공은 닉이었다. 그는 지금 데이지를 뚫어지게 보고 있다.

마치 꼬챙이가 천천히 몸을 관통하는 듯한 시선이었다. 너무 섹시해서 숨을 쉴 수 없을 것 같은 꼬챙이. 몸을 달아오르게 하고 숨 쉬기도 어렵게 하는 저 눈빛.

둘 사이에 존재하는 관능적인 긴장감을 모르는 척하며, 커스티는 닉을 바라보면서 바보처럼 웃었다. 잠수복을 차려입은 커스티는 손을 엉덩이에 올리고 웃기 시작했다. 데이지의 공격으로 아직은 숨이 가빴다.

"안녕, 닉. 이게 뭔지 알아?"

커스티는 콘월 사람 특유의 활기를 담아 인사를 하고 손에 파란 양말을 구겨 넣은 채로 손을 흔들었다.

데이지는 땀이 났다. 하지만 마음과는 달리 닉을 보지 않을 수가 없었다. 그는 검은색 청바지를 입고 단추를 푼 빳빳한 버튼업 셔츠 안에 꼭 끼는 검은색 티를 입고 있었다. 그는 말을 하면서 끼고 있던 선글라스를 벗어서 셔츠 앞주머니에 넣었다.

"무슨 소리야?"

말은 커스티에게 했지만 닉의 눈은 내내 데이지를 보고 있었다. 목소리는 밝아서 가벼워 보이기까지 했다.

"데이지가 방금 암의 공포에 휩싸였지 뭐야. 다행히 내 손으로 왼쪽 엉덩이에 붙어 있던 이 혹을 떼어냈지. 생명에 지장을 주지는 않는 것으로 판명되었어."

커스티는 양말 냄새를 맡고는 인상을 썼다.

"냄새는 좀 고약하지만 오랫동안 못 빨았으니 당연하지."

"죄송한데요, 양말이 어떻게 암이 될 수 있죠?"

데이지는 그의 뒤에 서 있는 청바지에 회색 후드티를 입은 큰 눈의 날씬한 소녀를 보았다. 짙은 머리를 포니테일로 해서 핑크색 끈으로 묶은 후 뒤로 늘어뜨렸다.

"안녕, 루시!"

커스티는 웃으며 소녀를 향해 파란 양말을 쥔 손을 흔들었다.

"거기 있는 줄 몰랐네. 걱정 마! 농담이었어. 내 양말 한 짝이 예전에 입던 잠수복에 들어가 있었거든. 그런데 여기 데이지가 그걸 빌려서 입었는데……. 아, 데이지 아나? 연예인이잖아. 여기 포트폴 출신이야. 아무튼 그 양말이 엉덩이에 말도 안 되는 종양을 만들어 낸 거지. 물론 진짜 종양이라는 건 아니고. 내 양말이니까."

"재미난 얘기도 아닌 것 같네요."

어린 소녀가 심각하게 대답했다.

"그래 맞아. 그렇게 재밌지도 않은 얘기였어. 조금은 바보 같은 얘기였지. 나처럼."

커스티는 파란 양말을 밴 뒤쪽으로 던지며 당황한 모습을 보였다. 소녀는 이 말에 눈썹을 올리고는 그 심각하고 호기심 많은 시선을 데이지에게로 향했다.

"당신이 데이지 다이아몬드군요."

"안녕."

"잠수복이 너무 끼는 것 같은데요. 특히 가슴 부근이요. 조금 삐져나온 것 같아요. 그 옷을 사고 난 후에 살이 좀 쪘나 봐요?"

소녀는 데이지를 위아래로 훑어보고 다시 말을 이었다.

"한 치수 더 큰 걸 입으셔야 할 것 같아요."

루시를 내려다보고 있던 닉이 흥미롭다는 듯이 데이지의 가슴을 쳐다보자 데이지는 뺨에 열기가 스멀스멀 올라오는 것을 느꼈다. 데이지는 노출된 가슴을 감싸며 팔짱을 꼈다.

"네 말이 맞아. 이건 예전 잠수복이야. 십 대 때 입던 거라서."

"저도 곧 있으면 십 대가 될 거예요."

"우선은 아무도 너를 죽이지 않는다면 그렇겠지."

닉이 말했다. 소녀는 깜짝 놀라서 그를 올려다봤다.

"내가 또 말을 잘못했어요?"

"당사자 앞에서 그 사람의 외모를 지적하는 건 좋지 않아. 특히 아가씨들 앞에서는 그러면 안 돼. 좋아하지 않을 거야."

"아 그렇군요."

루시는 입술을 깨물고는 데이지에게 웃으며 말했다.

"죄송해요."

"괜찮아."

"아빠가 매주 당신이 나오는 프로를 봐요. 정말 열성 팬이세요."

소녀는 쾌활하게 말하고는 닉의 옷을 잡아끌었다.

"제 아빠예요."

데이지는 닉을 바라보았다. 루시가 그의 딸이라고?

닉과 한나에게 아이가 있을 거라는 사실은 미처 생각하지 못했다. 아무도 그 얘기를 해주지 않았다. 런던으로 가기 전에 닉과 데이지의 관계를 알고 있었던 엄마도 그런 말은 해주지 않았다.

하지만 그들의 결혼 시기를 생각하면 딱 맞는다. 아홉 살인 루시는 상당히 조숙한 편이지만 정말로 어리고 아빠를 필요로 하는 나이다.

데이지의 마음은 절망감으로 피폐해져 있었다. 마치 이 아이의 존재가 닉을 영원히 닿을 수 없는 존재로 만든 것 같았다. 신은 알고 있었다. 그와의 미래는 없다고. 그는 절대로 그녀와 함께할 수 없었다. 그런 꿈이 얼마나 어리석었는지를 알려주었다.

"딸이 있는 줄 몰랐네, 닉."

데이지는 억지로 웃어 보이며 닉에게 말했다. 절대 마음이 찢어질 듯 아프지 않은 것처럼 보여야 했다.

그와 시선이 마주쳤다. 십 년 만에 처음으로 그녀는 그 눈에서 진정한 날것의 감정을 본 것 같았다. 하지만 곧 그 감정은 사라지고, 평소의 무감각하고 완고한 표정으로 되돌아왔다.

그는 루시의 어깨에 손을 두르고 활짝 웃으며 딸을 내려다봤다.

"맞아, 우리 딸이야. 그리고 나는 데이지가 나오는 프로의 열성팬이지."

그는 딸의 뺨을 어루만졌다.

"자, 조금이라도 해변에서 시간을 보내자. 아빠는 미스 다이아몬드와 잠시 얘기를 끝내고 곧 갈게."

루시는 돌아서서 인적이 드문 해변을 처연하게 바라보았다. 서퍼들이 태양 빛에 빛나는 파도를 타고 나오고 있었고, 한 가족이 해변가를 따라 걸어갔다.

"추워요, 아빠. 그리고 놀 사람이 없어요."

"예쁜 돌을 찾아봐."

"모래 해변인데요. 돌이 어디 있어요."

"그럼 아이스크림을 먹으면 어때?"

화가 난 듯한 닉은 오 파운드 지폐를 꺼냈다.

"저기, 카페 있지?"

소녀는 닉을 무표정한 눈으로 살폈다. 어둡고 냉엄한 아빠의 시선과 닮아 있었다.

"당장 자리를 뜨라는 뜻의 뇌물이에요?"

"그래."

"알겠어요. 그럼 그렇게 말하면 되잖아요. 엄마는 언제나 나한테 뇌물을 주기는 해요."

루시는 돈을 낚아채고는 자리를 뜨며 웃었다.

"십 분 드릴게요. 더 길어지면 가격이 올라갈 거예요. 아, 그리고 저를 학교로 다시 데려다주셔야 해요. 아시죠?"

"물론 잊지 않았어."

닉은 커스티를 돌아보며 말했다.

"잠깐 괜찮겠어?"

"뭐가?"

닉은 대답을 하려는 듯 숨을 들이마시고는 눈썹을 치켜올리며 커스티를 보았다. 그녀는 당황하며 주저했지만 어쩔 수 없다는 표정으로 데이지와 닉을 번갈아 보다 천천히 얼굴을 펴고는 말했다.

"아…… 알겠어. 나도 자리를 비켜달라는 거구나. 사실은 나도 아이스크림을 먹으며 시간을 죽일 수 있거든."

"가끔 나는 너를 죽일 수도 있을 것 같아, 커스티."

닉은 한숨을 쉬며 오 파운드 지폐를 꺼냈다.

"여기 있어. 가는 김에 내 아이스크림도 좀 사다 줘."

"알았어."

커스티는 즉시 대답하며 그의 딸이 하듯이 돈을 낚아채고는 급히 루시를 부르며 사라졌다.

"데이지, 너한테는 아이스크림 안 사줘도 되지? 아니면 그 잠수복 벗고 사라질 건가?"

데이지의 얼굴이 화끈 달아올랐다.

그러니까 닉이 내가 나오는 프로의 열혈 시청자라 이거지. 그 이유가 궁금했다. 한나가 그 프로를 좋아할 리가 없다. 아마 그 꼬마가 과장을 한 것일 테지.

"루시 일은 미안하게 됐어."

닉은 조용히 말하고는 선글라스를 다시 꼈다. 자신의 표정을 숨기려고 하는 것일 거다.

"자폐증세가 있어."

"자폐증이라고?"

"그 범주에 있대."

닉은 어깨를 으쓱하고는 팔짱을 꼈다. 방어적인 포즈였다. 데이지는 흥미롭게 바라보다가 문득 자신도 똑같은 포즈를 하고 있다는 것을 깨달았다.

"여자아이들이 자폐증으로 진단받는 사례는 많지 않아. 그래서 가끔 소외감을 느끼는 것 같아. 심지어 도와주는 사람들 안에서도 말이야. 루시는 자폐증 아이들처럼 사회적 규범에 어려움을 겪고 있어. 특히 에티켓 면에서. 네 외모를 지적한 건 사과할게."

그녀는 내려간 잠수복을 조금 더 위로 끌어 올리며 양쪽의 가슴이 더 이상 삐져나오지 않기를 기도했다. 물론 지금은 선글라스를 쓰고 있어서 그가 정확하게 어디를 보고 있는지 확인할 길은 없었지만.

"아냐, 괜찮아. 온라인 댓글이나 연예 잡지에는 훨씬 심한 말도 많은 걸. 그런 건 누구나 볼 수 있어서 나 말고 너나 커스티도 다 읽을 수 있어."

"그게 그거지. 사과할게. 루시는 오늘 아침 학교를 나왔어. 트루로로 가서 전문 치료를 받아야 하거든. 클리닉 가는 걸 너무 싫어해서 기분이 좋지 않은 상태야. 해변에서 잠시 시간을 보내면 기분 전환이 될까 해서 왔어."

"예쁘더라."

데이지는 불쑥 말했다. 그러자 그가 고개를 돌려 선글라스 너머로 데이지의 얼굴을 찾았다.

"너를 많이 닮은 것 같아."

"그 말은 무례하다는 뜻?"

그의 장난스런 목소리에 웃을 수밖에 없었다.

"생긴 모습이 닮았다고. 하지만 루시는 조금 무뚝뚝한 것 같아. 그래도 매력적이야."

"마음에 든다니 기쁘네."

"루시는 자기 마음을 표현하는 걸 꺼리지 않아. 좋아하지 않을 수가 없지."

닉은 천천히 고개를 끄덕였지만 아무 말도 하지 않았다. 손을 바지 주머니에 넣고는 몸을 돌려 다시 한 번 바다를 보았다. 그의 짙은 머리가 강한 바람에 이마 위아래로 휘날렸다. 데이지도 억지로 시선을 거두고 바다를 바라볼 수밖에 없었다.

서핑을 하기 좋은 날씨임에도 불구하고 사람이 많지 않았다. 대서양의 파도 속으로 뛰어드는 서퍼들과 그 너머로 하늘을 가르며 저 멀리 미국의 해안까지 뻗어 나가는 수평선이 보였다.

"그래서 결혼한 거야."

닉이 불쑥 말했다. 데이지는 다시 그를 봤다. 심장이 다시 심하게 뛰기 시작했다.

"뭐, 뭐?"

"한나가 여름에 헤어지고는 나에게 찾아왔어. 임신했다고 하더라고. 알아. 나도 미안하긴 했어. 한나는 우리가 왜 결혼하는지 아무도 모르기를 바랐어. 그것만 아니었으면 너한테 바로 얘기했을 거야. 그런데 약속했거든. 말 안 하겠다고."

닉은 고개를 떨구고 자기 발을 바라보고 있었다. 그의 목소리가 거칠어졌다.

"내가 어떻게 했어야 했을까, 데이지? 그 아이가 내 아이가 아니라고 말하지 못했어. 그저 하룻밤 상대였어, 한나는. 너도 알지. 디스코 데이. 그날 기억해?"

"기억나."

닉은 고개를 들고 데이지를 똑바로 바라보았다. 선글라스에 빛이 반사되었다.

"한나는…… 제멋대로였어. 아이를 낳고 싶다고 했지. 그 상황에서는 도저히 불가능했는데. 그래서 옆에 있어야 했어. 다른 선택이 없었어."

그는 농담기 없는 웃음을 지었다.

"순식간에 벌어진 일이었어. 한나 아버지가 그해 시장이었잖아. 나를 한 대 치고는 혼인 신고 담당자에게 우리 얘기를 했지. 결혼도 하기 전에 나는 발이 묶이게 된 거야."

그의 목소리는 너무 낮아서 말을 알아듣기도 힘들었다.

"널 만나려고 농장에 갔었어. 결혼 며칠 전에. 진실을 말해야 했으니까. 나는 속으로 죽어가고 있었지. 하지만 너는 이미 런던으로 떠나버렸더라. 그때 네가 모르는 편이 낫다는 생각이 들었어. 갑자기 너를 차버리고 다른 사람이랑 결혼한 개자식이라고 여기는 게 낫다고."

데이지는 돌아서 정신없이 달렸다. 어디로 가는지 또 왜 달리는지 몰랐다. 그저 빠져나오고 싶었다. 모래밭에서 해변을 가로질러 정신없이 뛰어 숨이 차올라 잠수복을 그러쥐었다.

디스코 데이에 닉은 한나와 잤다. 그날 밤, 데이지는 닉과 심하게 싸웠다. 그녀는 일부러 춤을 청하는 모든 남자들과 은근한 분위기를 만들었다. 앤디, 키어란, 로브, 마이클, 심지어 게이라고 선언하고 나중에 지리 선생님과 스페인으로 사랑의 도피를 했던 귀여운 톰에게도.

그녀는 런던으로 가고 싶어서 연기 학교에 등록했다. 닉은 그런 그녀를 콘월에 붙잡아두고 싶어 했다. 그러고는 그는 소작농을 시작했다. 유기농 채소와 알파파를 키우고 아이들과 자유롭게 뛰어노는 닭들이 낳은 달걀을 길가에서 팔았다.

그들은 일 년 정도 가끔씩 데이트를 했다. 데이지는 물론 닉을 많이 사랑했지만 야망은 사라지지 않았다.

"드라마스쿨을 도전해본 후에라도 늦지 않아. 그러니까 시도는 하게 해줘. 삼 년. 삼 년 후에 배역을 못 따면…… 콘월로 돌아와서 너랑 결혼할게."

"아니. 삼 년이나 너와 떨어져 살 수 없어. 네가 다른 배우랑 결혼할지도 모르잖아."

"그렇지 않을 거야. 사랑해 닉."

데이지는 약속했다. 하지만 닉은 데이지를 믿지 못했다. 그는 약속을 저버리고 다른 사람과 춤을 추었다. 그래서 그녀도 똑같이 해주었다. 자기만 상처를 받을 수는 없었다. 그녀는 상처받은 마음으로 다른 남자들과 웃고 떠들고 춤을 추었다. 하지만 아무런 의미도 없었다. 그녀는 언제나 사람들 무리에서 그를 찾았고 그의 모습을 좇았다. 그날 저녁 늦게 한나와 함께 있는 그를 보았다. 한나가 팔로 닉의 목을 감고 디스코 볼이 빛나는 플로어에서 천천히 춤추는 모습이 생각났다.

하지만 이후로 데이지는 술을 너무 많이 마셔서 밖에서 넘어지고는 기억이 끊겼다. 누군가가 집에 데려다줬고, 닉이 다음 날 전화를 걸었지만 받지 못했다. 그녀는 고집스럽게 그에게 전화하지 않았다. 연락을 하지 않은 날이 몇 주 동안 계속되고 그녀는 드라마스쿨을 견학하기 위해 부모님과 런던에 가야 했다. 돌아올 때에는 이미 닉과 한나의 소문이 퍼지기 시작했다.

둘의 결혼 얘기를 들은 날, 그녀는 죽고 싶었다. 고통을 견딜 수가 없었다.

다음으로는 분노가 찾아왔다. 분노와 미칠 듯이 끓어오르는 배신감이 그녀를 덮쳤다. 그래서 그녀는 짐을 싸서 바로 런던으로 떠났다. 드라마스쿨 어디라도 합격하겠다고 결심했다. 면접을 기다리는 동안 몇 번의 프로그램 오디션을 봤다. 물론 배역을 딸 수 있을 거라고는 기대하지 않았다. 그리고 마침내 드라마 단역을 따냈다. 이후에 데이지는 경찰 드라마에서 또 다른 역을 맡게 되었고 이번에는 대사도 있었다. 그때 필리파가 다가왔다. 본인이 깨닫기도 전에 데이지는 몇 개의 일을 동시에 하고 있었다. 텔레비전 일도 했고, 무언극 무대에도 섰다. 그러는 사이에 좋은 집을 빌릴 수 있을 정도의 수입도 생겼다. 드라마스쿨을 마치고 삼 년 후에 데이지는 〈다우너스〉에서 마침내 주인공 역을 맡았다. 특이한 시간 여행 코미디물이었다. 지금은 엄청난 인기를 누리고 있어서 다섯 번째 시즌까지 왔고 이번 여름에 여섯 번째 시즌을 촬영할 예정이었다.

데이지는 닉에 대한 생각을 몰아내고 일에만 집중했다. 남자들은 정말 말 그대로 가고 오는 것이었다. 사랑에 빠지려고 노력하기도 했다. 〈다우너스〉의 공동 주연인 벤과 데이트를 하는 것도 더 크기 위해서이기도 했고 그 아픈 기억을 잊기 위한 계획의 일부이기도 했다.

하지만 마음속은 아직 순진한 소녀였다. 다른 여자와 춤을 추고 있는 첫사랑을 보고 있는 순진한 소녀. 그리고 그것은 전적으로 자기의 잘못이었다는 것을 알고 있었다.

한 손이 데이지의 어깨 위에 올려졌고, 그녀를 돌려 세웠다. 데이지는 추위에 떨며 파도 속에 무릎을 꿇었다. 무릎 사이로 들어오는 파도에 온몸이 젖고 물이 가슴과 얼굴에 튀었다.

커스티였다.

"데이지, 괜찮아?"

"미안, 미안해."

데이지는 모래가 잔뜩 묻은 손으로 얼굴의 눈물을 닦으며 말했다.

"아이스크림은 먹었어? 루시 너무 예쁘지? 그래도 조금 감당하기 어려울 것 같아."

데이지는 또 다시 짭짤한 파도가 얼굴에 들이치기 전에 몸을 일으켰다.

"닉과 약간 일이 있었어. 그래서 여기까지 왔나 봐. 너를 기다리고 있었어."

커스티는 데이지를 안으며 말했다.

"알아. 닉이 말해줬어."

"아, 젠장."

"아직도 닉을 사랑하지?"

데이지는 고개를 끄덕이며 주체할 수 없는 눈물을 흘렸다. 울고 싶지 않았지만 소용이 없었다. 비참한 마음도 들고 코도 빨갛게 됐지만 눈물은 멈추지 않았다.

"걱정하지 마. 바다에서는 더한 일도 벌어져. 할아버지가 항상 그러셨어. 그러니까 긍정적으로 생각하자고. 저 파도를 봐. 오늘 너는 익사할 수도 있었어. 그러면 다시는 닉을 볼 수도 없었겠지. 이제 너를 추스를 때야."

7

데이지는 금요일 저녁에 앤디와의 '데이트' 준비를 하면서 다시는 절망에 빠지지 않겠다는 굳은 맹세를 했다. 오랫동안 공들여 향긋한 목욕을 하고 꼼꼼히 닦았다. 요전에 혹 소동이 생각이 나서 전신 거울로 몸을 체크했다. 그러고는 침대에 입을 옷들을 펼쳐놓고 화이트 와인을 마시며 기분을 전환시켰다.

데이지는 이십 분 넘게 공들여 화장했다. 닉이 우연히 술집에 들를 수도 있다는 생각에 열심히 꾸몄다. 이 얼마나 슬픈 일인가. 그러고는 입을 옷을 고르는 데 힘을 쏟았다. 하지만 옷 고르기는 쉽지 않았다. 앤디가 자기를 위해 차려입었다는 착각을 하지 않게 하고 싶었지만, 또 전혀 신경 쓰지 않았다는 인상을 주고 싶지도 않았다. 안타깝게도 에섹스에서 '데이트'용 옷을 많이 가져오지 않았다. 엄마의 화려한 스카프로 훨씬 간단히 치장을 해야 하나⋯⋯.

검은색 레깅스에 헐렁한 집시 스타일 상의를 입어볼까?

그러면 마치 〈플래시댄스〉 영화 같겠다. 데이지는 넓은 목의 상의를 들고 거울 앞에 섰다가 옷을 옆으로 던졌다.

청바지에 캐시미어 스웨터는 어떨까?

하버드 법대생이 포트폴 술집에 간 것처럼 보이겠지.

그럼 칵테일 드레스로?

혹시나 몰라 마지막에 챙긴 옷이었다. 프릴이 뒤로 길게 늘어져 있는 핑크색 드레스다. 데이지는 이 옷을 입고 검정색 힐을 신었다. 그러고는 방을 돌아다니며 오스카상 후보자 같은 포즈를 취해보다가 질겁하고는 다시 벗었다.

너무 필사적이다.

데이지는 침대에 걸터앉아 한숨을 쉬었다. 다 포기하고 벌거벗은 채 코치 하우스의 살롱 바에 들어가야 할지 모른다. 벌거벗은 채로 말을 타고 있는 레이디 고디바 같은 모습으로.

데이지는 와인을 한 모금 마시고는 거울 속의 자신을 바라보았다.

"데이트에 무슨 옷을 입으려고 하는 거야? 벗고 갈 수는 없잖아. 야하게 입어도 안 되고. 할리우드 스타처럼 입어도 안 되고. 너무 고급스러워서도 안 되고."

절망적인 기분으로 앉아 있자니 서랍이 눈에 들어왔다. 아마 학생 시절 입던 옷들 중 아직도 맞는 옷이 몇 벌은 있을 것이다. 섹시하거나, 멋진 그런 느낌이 아니라 그냥 잘 차려 입은 콘월의 젊은 여인의 느낌을 내는 옷들이.

데이지는 서랍을 열어 옷을 찾기 시작했다. 정말 이런 옷을 입고 다녔나 싶은 낡은 하얀색 반바지, 너무 작은 브래지어가 눈에 들어왔다. 작은 잠수복 사이로 과하게 삐져나온 가슴을 보던 닉의 눈길을 생각하니 가슴은 예전보다 커지긴 했나 싶었다. 그리고 티셔츠는 모두 색과 디자인이 이상했다. 성인이 데이트에 입고 나가기에는 맞지 않았다. 결국은 서랍에서 옷을 찾는 것을 포기하고 집시 스타일의 상의를 입기로 결정한 순간, 서랍 바닥에 있는 무언가가 보였다.

언니 페니가 준, 평범한 검정 레오타드였다.

데이지는 레오타드를 잡고 기쁨의 함성을 질렀다. 잠시 후, 청바지와 하얀 블라우스를 입고 단추를 풀었다. 하이힐과 심플한 금 목걸이를 하고 나니 훨씬 섹시해 보였지만 과하게 요염해 보이지는 않았다. 특히 앤디와 만나는 자리에서 그렇게 보이고 싶지는 않았다. 그는 좋은 의미로 술집에서 몇 시간을 즐겁게 보내기 좋은 친구였지만 더 깊은 관계를 기대하게 하고 싶지 않았다.

거울 속에서 우울한 자신을 보며 또 다른 남자로 슬픔을 이겨내야 한다고 생각했다. 그녀는 빼어나게 아름답지는 않았다. 하지만 가장 좋아하는 메이크업 아티스트 데니스가 광대뼈와 입술에 마법을 부리면 스크린에 비치는 그녀의 모습은 놀라웠다. 태생적으로 관능적인데 싱글로 살아가는 일은 많은 좌절을 주었다. 그녀는 텅 빈 침대나 별 관심도 없는 남자에게 버림받는 것보다는 더 좋은 대우를 받아야 했다.

얼마나 더 시간이 지나야 닉에 대한 집착이 사라지고 다른 사람과 길고 안정적인 관계를 맺을 수 있을까? 독신에, 성깔이 더럽지도 않으면서 자유롭게 그녀를 사랑해줄 남자는 어디에 있는 걸까.

그때 휴대전화에 앤디가 보낸 메시지가 왔다.

'지금 출발해. 준비됐어?'

'오 분 후에 봐.'

데이지는 마지막 와인을 비우고는 잔을 들고 하이힐을 신었다. 그리고는 조심스럽게 계단을 내려가서 부엌으로 갔다. 고향 술집에서 만나는 남자에게 섹시하게 보이려다 다리가 부러지는 건 아닐까 시험해보려고 했다.

왜 자기는 남자를 보는 눈이 없을까? 마음 좋고 착한 남자와 사랑에 빠지는 건 불가능한 일일까? 가령 앤디 같은 사람과는 사랑에 빠질 수 없는 걸까?

앤디는 데이지를 쿠션이 있는 작은 좌석에 앉히고, 반대쪽에 의자를 끌어다 앉았다. 그는 안경을 벗고 맥주와 데이지를 위한 샤도네이 와인을 가지고 왔다. 탁자에 와인 잔을 내려놓다 와인이 살짝 튀었다.

"아, 미안."

"괜찮아."

데이지는 서둘러 대답하며 열정적으로 와인 잔을 들었다.

'진정해, 이 아가씨야. 술고래처럼 보이면 안 돼.'

앤디를 보고 웃으며 "원샷!"이라고 외친 후 한 모금 입에 대고 탁자에 잔을 내려놓았다.

"맛이 어때?"

그는 맥주잔 너머로 긴장한 듯 그녀를 보며 물었다.

"맛있어."

가게 안처럼 미지근한 와인에 몸을 떨지 않기란 여간 어려운 일이 아니었지만, 가까스로 뱀파이어처럼 와인의 신맛에 입을 찡그리지 않을 수 있었다. 와인이 조금 미지근하다는 말은 안 하는 것이 좋을 것 같았다. 앤디 같은 신중한 남자는 아마 데이트에서 혹여 안 좋은 점이 발견되면 자신을 탓할 것이다. 설령 자기 잘못이 아니더라도 말이다.

하지만 그를 과소평가한 모양이다. 그는 맥주를 마시고는 있지만 와인이 그다지 차갑지 않다는 것을 알아챘다.

"아, 미안. 별로 차갑지 않나 보네. 화이트 와인은 보통 냉장고에 넣어 보관하는 줄 알았는데."

"냉장고 자리가 부족했나 봐. 그 안에 별의별 맥주가 다 있잖아."

그녀는 냉소적으로 들리지 않도록 신경 쓰며 대답했다.

데이지는 사람들로 붐비는 바 안을 몰래 둘러보았다. 포트폴을 떠나 있던 십 년 동안 코치 하우스가 그 세월을 견디고 있는 모습을 보니 놀라웠다. 흰색 페인트로 벽을 덧칠한 걸 보니 인테리어는 다시 한 모양이다. 여자 직원도 새로 뽑은 것 같다. 나이가 열아홉 살 정도밖에 안 돼 보였다. 하지만 콧수염을 기른 주인 해리는 여전했다. 바에 앉아 싸구려 에일을 마시는 대머리의 늙은 남자는 십 대 때 보던 광경과 크게 다르지 않았다. 그리고 대부분의 손님들도 낯익었다. 몇 명은 데이지가 지나갈 때 고갯짓으로 인사를 했고 몇은 윙크를 하기도 하고 웃는 이도 있었다. 하지만 한두 명은 앤디와 데이지가 들어가자 뚫어지게 바라보았다. 그녀는 그 지역 출신 유명 연예인이니 당연한 반응일지도 모른다. 다행히도 그들은 그 이상의 소란은 일으키지 않았다.

그녀는 미소를 지으며 미지근한 화이트 와인을 한 모금 마시며 다시 몸서리치려 하는 몸을 억눌렀다. 코치 하우스에 받아들여진 것 같은 생각이 들었다. 잠시 들른 유명 연예인을 모두가 머리 둘 달린 짐승처럼 쳐다보듯이 보는 것이 아니라 그 지역의 일원으로서 본다는 느낌이 있었다.

흔한 콘월 사람의 한 명.

"오늘 데이트해줘서 고마워."

앤디가 그녀의 손 위에 자기의 손을 겹치며 말했다. 그러고는 의미심장하게 손을 꼭 쥐었다.

"다시 보니 좋다, 데이지. 너를 포트폴에서 보다니. 아니 네가 떠났어도 계속 보기는 했지. 텔레비전에서."

그러고는 주저하다 말을 이었다.

"하지만 이렇게 실제 인물과 함께 있는 거랑은 천지 차이지."

'머리 둘 달린 괴물과 함께 있는 건 아니겠지'라는 생각과 함께 억지웃음을 지으며 데이지는 대답했다.

"그래 전혀 아닐 거야."

그는 맥주를 들이키고는 젖은 입술을 손등으로 닦더니 크게 트림을 했다. 꼭 황소개구리 같았다.

"아, 미안."

데이지는 '헉!' 하고 놀랐지만 계속 미소를 지었다. 미소가 조금 일그러지긴 했지만, 억누르고 있는 공포스러운 얼굴을 그대로 보이는 것보다는 나을 것 같았다.

"와인은 그렇게 좋아하는 것 같지 않네. 그러면 와인 대신 진토

닉 마실래?"

아 이런 발연기였나.

"고마워."

바에서 돌아온 앤디가 커다란 잔을 그녀에게 건네며 웃었다.

"더블로 해달라고 했어. 마음에 들어야 할 텐데."

"괜찮아. 운전 안 하니까 상관없어."

그는 맥주잔을 들고 있고, 그녀는 거기에 잔을 살짝 부딪쳤다.

"우리의 미래를 위하여."

"위하여."

데이지도 외치며 더블 진을 한 번에 털어 넣었다.

"한 잔 더?"

"아니, 좀 이따가."

데이지는 술기운과 술집 안의 따뜻한 공기로 얼굴이 붉어진 것 같아서 의자의 매트를 만지작거렸다. 누군가가 주크박스의 노래를 틀어서 목소리를 높여야 했다.

"좀 전에 뭐라고 했지?"

"재미있을 것 같다고."

"뭐가?"

"아, 그러니까 최근에 별로 편안한 시간을 보낼 수가 없었어. 텔레비전에서 크게 인기를 얻기 전에 어땠는지 생각해보면 너도 이해할 거야. 재미도 없고 매일 아웃사이더처럼 인생이 덧없이 흘러가는 것 같더라."

그 순간 데이지는 닉이 들어오는 것을 봤다. 그를 본 순간 심장이 멎었다 다시 뛰는 것 같았다. 나노 단위로 현기증이 나서 술집의 끈적끈적한 탁자 모서리를 잡고는 얕은 숨을 내쉬었다. 앤디는 갑작스러운 데이지의 변화를 눈치채지 못하고 이야기를 계속했다.

"사실은 네가 우리 가게에 들어와서 멋진 모습으로 한잔하자고 했을 때…… 꼭 인생이 나에게 다시 한 번 기회를 주는 느낌이었어."

아…… 말도 안 돼. 얼굴은 빨개지고 눈은 커지고, 입은 말라서 앤디에게 말도 안 되는 소리를 했다. 데이지는 지금 상황을 조율하기가 너무 힘들었다. 마치 사춘기 소녀가 좋아하던 스타를 만난 것 같다. 대체 언제쯤 닉에 대한 마음이 사라지는 걸까?

"체리를 두 번째 베어 먹을 수 있는 기회랄까."

앤디가 말하고 있었다. 너무 싫은 표정을 하지 않으려고 애를 쓰느라 닉이 자신을 보지 못하고 지나친 줄로만 알았다. 하지만 닉은 앤디 뒤쪽의 바에 기대서서는 앤디와 자신을 보고 있었다. 엄한 표정의 얼굴로.

그의 옆을 보자 데이지의 몸이 굳었다. 한나가 옆에 있었던 것이다. 바로 옆은 아니지만 문가에 서 있었다. 날씬해 보이는 청바지에 데님 재킷을 입고 소매를 걷었다. 그리고 예의 그 에섹스 스타일의 하얀색 가죽 힐을 신고 있었다.

한나의 표정은 악마 같았다. 물론 한나는 악마가 맞기는 하다. 저 여자한테 뭘 기대했을까? 우정? 이해? 한나는 지금 데이지를 똑바로 쳐다보고 있는 닉의 아내다. 둘의 사이가 나빠도, 하룻밤에 애가 생겼든 말든 한나의 손가락에는 서약을 한 남자에게 받은 결혼반지가 끼워져 있고, 데이지에게는 아무것도 없다. 자신이 그 남자의 첫사랑이었다는 것도 위로가 되지 않는다. 왜냐하면 그들은 함께 잔 적이 없다. 언젠가는 함께하겠지 하는 생각으로 열정적인 키스만 했다. 그때는 사랑이 영원할 것 같았다. 하지만 그녀는 아직 어른의 사랑으로 도약할 준비가 되지 않았었고, 닉은 무리하게 관계를 요구하지 않는 신사였다.

한나는 디스코 데이에 닉에게 엄청 집적댔을 것이다. 아니 더 간단하게 설명하자면 닉에게 데이지보다 한나가 더 섹시하게 보였던 것이다.

와. 순간 정신이 아득해졌다. 그건 정말 마음이 아픈 걸.

"그러니까, 너도 나와 같은 감정인지 말해줘."

앤디가 부드럽게 말했다. 그녀는 입술을 깨물고는 닉의 시선을 피했다. 손이 떨렸다. 아드레날린이 뿜어져 나왔다. 떨리는 손을 무릎에 숨겼다.

"데이지?"

"어? 뭐라고 했어?"

"너도 나와 같은 마음이냐고."

"미안, 잠시 다른 생각하느라고. 무슨 말 했어?"

앤디는 건너편을 보고는 차가운 표정을 지었다.

"내 얘기는 하나도 듣지 않았구나. 여기서 내가 마음을 표현하고 있는 동안 너는……."

그는 어깨 너머로 닉을 보고는 다시 데이지를 보았다.

"뭐, 나는 그냥 대용이었던 거야?"

"미안해, 앤디. 절대 그런 거 아니야. 그냥…… 아, 그래 맞아. 듣고 있지 않았어. 정신이 딴 데 팔려 있었거든."

위로하는 듯한 미소를 지으며 말해도 앤디의 화는 풀어지지 않았다. 그녀가 목소리를 낮추긴 했지만 이곳의 모두가 이 예상하지 못했던 말다툼을 엿듣고 있다는 것을 느낄 수 있었다.

"제발 화내지 마. 이제는 듣고 있잖아. 뭐라고 했어?"

하지만 앤디가 벌떡 일어나는 바람에 의자가 뒤로 넘어졌다.

"그래 놀랄 일도 아니었지. 이건 네가 할 만한 일이니까."

그가 차갑게 내뱉었다. 그는 남은 맥주를 마저 다 마시고 재킷을 입었다.

"갈 땐 택시 타고 가든가. 나는 집에서 텔레비전이나 봐야겠어. 너는 부자고 유명한 데이지 다이아몬드. 못된 년이야. 우리 집 냉장고가 너보다는 좋은 친구인 것 같아."

그러더니 그는 갑자기 가버렸다.

한순간 조용해진 술집! 호기심 가득한 눈들! 당황스러움! 심지어 주크박스도 멈춰서 죽을 것 같은 모멸감이 들었다.

한나의 만족스러운 웃음을 피하며 빨개진 얼굴로 발에 걸려 넘어지면서 와인 잔이 같이 떨어졌다. 다행히 내용물이 거의 빈 상태였다. 데이지는 죽일 듯이 쳐다보고 있는 종업원에게 미안하다고 중얼거리고는 닉을 지나쳐 주차장으로 갔다.

밖은 정말 추웠다. 거기에 서서 필사적으로 도로를 바라보았다. 앤디의 차는 보이지 않았고 멀리서 언덕을 올라가는 차의 엔진 소리만 들릴 뿐이었다. 그는 정말로 순식간에 가버렸다. 그의 고백 아닌 고백을 전혀 듣지 않아 화가 난 것이다. 정말로 이기적인 여배우의 모습이었다. 앤디가 속으로 두려워하던 모습이었을 것이다.

'우리 집 냉장고가 너보다는 좋은 친구인 것 같아'라니.

"좋아. 생각을 하자, 생각을."

가죽 재킷 주머니에서 휴대전화를 꺼내 들었다. 머릿속은 생각으로 뒤죽박죽이다. 이곳 택시 회사 번호가 뭐였지. 생각해 보니 핸드백을 들고 오지 않았다. 앤디를 밖에서 기다리게 하지 않으려고 식탁에 놓고 그대로 나온 것이다. 다행히 바지 주머니에 집열쇠는 있었지만 돈이 없었다.

택시를 불러서 집까지 가서 돈을 줄 수도 있을 것이다. 하지만 현금이 가방에 충분히 있는지, 카드만 있는지도 모를 일이다. 아무리 데이지 다이아몬드라고 해도 택시 기사가 현금 외의 것을 받을 리는 만무했다. 연예인 우대를 요구하면 마치 좀 전에 앤디가 사람 많은 술집 안에서 말한 '제멋대로이고 이기적인 나쁜 여자'가 된 듯한 기분이 들 것 같았다.

"아 젠장."

시내에서 집까지 걸어간 게 이번이 처음은 아니다. 하지만 이십대 중반에, 데이트 상대에게 '부자에 유명한 사람'이란 말을 들은 후 혼자서 터덜터덜 걸어가는 것은 뭔가 창피했다. 그것도 이렇게 깜깜하고 추운 밤에.

게다가 지금 신고 있는 신발은 운동화도 아니고 하이힐이었다. 시골길을 걷기에는 터무니없는 신발이다. 여기 와서 물집이나 잡혀 가겠다 생각했다.

"집까지 태워다 드릴까요, 미스 다이아몬드?"

깊은 목소리 속 비꼬는 듯한 느낌이 느껴졌다. 돌아보니 닉이 시끄러운 술집에서 막 나오고 있었다. 그가 근엄한 얼굴로 그녀를 보았다.

"딱히 태워주고 싶은 마음은 들지 않지만. 워낙 엉망인 것 같으니 말이야."

"앤디와 무슨 일이 있었는지는 모르겠어. 다 괜찮았는데 한순간에……."

"앤디의 아내는 삼 년 전에 암으로 죽었어. 그 후로 네가 첫 데이트 상대였지. 그런데 만나는 내내 너는 나만 봤잖아. 이제 과거에 대한 집착을 버리고 다른 상대를 찾아야 할 때야."

닉은 냉정하게 데이지를 비난하는 눈빛을 하고 말했다.

"아내 일은 몰랐어. 정말로. 앤디가 결혼했었다고는 했지만, 이혼한 줄 알았지."

"물어보기는 했어?"

데이지는 현미경에 깔린 못생긴 벌레가 된 것 같은 느낌이 들었다.

"아니."

데이지는 길가에 주저앉아 하이힐을 벗었다. 발이 아파 죽을 것 같았다.

"네 말이 맞아. 너무 못된 짓을 했어. 앤디에게 결혼 얘기를 물을 생각도 안 했어. 그런데 이제 화가 나서 가버렸고."

그녀는 주저하다가 휴대전화를 보았다.

"앤디에게 전화를 걸어도 될까? 거기 가서……."

"오늘은 그에게 너무 많은 상처를 줬어. 그만두는 게 좋을 것 같아. 자, 일어나. 집까지 태워줄게."

닉은 냉정하게 말하고는 손을 들었다. 그 말투에 마음이 찢기는 것 같았다. 그녀는 고개를 저었다.

"그러면 한나가 나를 죽이려 할 거야. 아니면 널 죽이고 우리 집에 찾아오든가. 둘 중 하나야."

"드라마 쓰고 있다. 그냥 태워주는 것뿐이야."

"진짜야, 닉. 한나는 나를 끔찍하게 미워한다고. 지금도 깨진 병을 들고 밖으로 나오지 않은 게 놀라워. 아마 집에 가서 전기톱을 예열하고 있을 거야."

"한나는 나에게 맡겨."

닉은 그렇게 말하고는 데이지를 끌고 갔다.

어두운 하늘에 별이 밝게 빛나고 있었다. 매연과 오염으로 얼룩진 런던에서 수백 마일 떨어진 콘월의 바람 부는 해안에서 별이 얼마나 영롱하게 빛나는지 잊고 있었다.

조금 취해서 비틀거리는 데이지를 닉이 물끄러미 보더니 팔을 그녀의 허리에 둘렀다.

"괜찮아?"

닉이 부드러운 목소리로 물었다. 그의 눈을 보니 갑자기 말을 할 수가 없었다.

"집에 데려다줘, 닉."

8

농장으로 오는 내내 데이지는 닉의 옆에 앉아서 별을 보고 있었다. 앞을 보고 천천히 운전을 하는 그의 옆모습이 창에 비쳤다. 그와 함께 있으니 마음이 편해졌다. 그리고 아무리 바보 같은 짓을 해도 버려두지 않고 집까지 태워주겠다고 말해줄 수 있는 친구로 충분하다는 생각이 들었다.

하지만 곧 그는 거칠고 굴곡 많은 길로 들어섰고 그녀는 입술을 깨물며 좌석의 옆 부분을 꼭 잡았다. 언덕에 있는 농장이 가까워지면서 술기운도 점차 사라져갔다. 그러고는 갑자기 데이지는 자신의 처지를 깨달았다.

나는 지금 결혼한 남자와 단둘이 차를 타고 있다. 주위는 어둡고, 나는 술을 마셨고, 술집에 있는 그의 아내는 아마도 나를 죽일 계획을 세우고 있을 것이다. 공포심에 주먹을 꽉 쥐었다. 이런 밤을 기대한 게 아니었는데.

데이지는 닉이 농장에 차를 세우고 시동을 끄자 말했다.

"고마워. 너무 고마워, 닉."

"데이지, 잠깐만."

"고마워. 혼자 들어갈 수 있어."

"기다려봐."

닉은 한 손을 그녀의 팔에 올렸다. 이제 그녀는 주차된 차 안에 닉과 단둘이 앉아 있었다. 안 좋은 일이 얼마나 더 생기는 걸까?

"데이지."

그는 쉰 목소리로 이름을 부르며 데이지의 뺨을 만졌다.

아, 미치겠다.

"닉, 너는 가정이 있어. 과정이 어떻든, 네 감정이 어떻든 상관없어. 하지만 한나는 확실히 너와 함께 있고 싶어 해."

"뭐라고?"

"한나가 농장에 찾아와서 얘기했어."

그의 눈이 이글거렸다. 숨과 함께 가슴이 부드럽게 올라갔다 내려가고 있었다. 그는 손을 뻗으면 닿을 만큼 가까이 있었다. 키스할 수 있을 만큼 가까웠다.

"네가 이혼을 원한다고 하더라고."

그는 별로 놀라는 것 같지 않았다. 고개를 끄덕이며 그녀를 보았다.

"오랫동안 이혼을 요구했어. 비밀도 아니야."

"글쎄, 한나는 절대 이혼을 안 하겠다고 했어. 만약 너랑 내가…… 그러니까 우리가……."

"우리가 뭐?"

"알잖아."

"키스라도 하면?"

그녀가 고개를 끄덕였다. 닉의 손가락이 닿았던 곳이 아직도 뜨거웠다.

"절대 허락할 수 없는 것 목록에서 키스는 꽤 상위에 있을 것 같아."

"서로 만지면 어떻게 되지?"

"아…… 그건……."

그의 목소리가 더 허스키해졌다.

"서로의 옷을 벗기면 어떻게 되지?"

"음……."

"자면 어떻게 되나?"

데이지는 입이 벌어졌다. 그러고는 그의 입을 굶주린 듯 바라보고 있는 자신을 발견했다. 바로 발가벗고 어둠 속에서 서로를 애무하며 키스하고 뒹구는 모습, 몇 시간이고 사랑을 확인하는 모습을 상상했다.

닉은 분명 그녀가 이런 상상을 하도록 유도하기 위해서 그런 달달한 단어를 썼을 것이다. 그는 데이지를 유혹하고 있는 것이다. 역시 교활한 인간이다. 몇 시간 즐기고는 다시 아내와 딸에게 돌아가겠지. 그렇지 않으면 오늘 밤 왜 한나와 술집에 같이 있었겠는가? 이혼을 한다면서 왜 그 여자와 함께 술을 마시겠는가 말이다.

그녀는 자기들의 부부관계는 이미 끝났다고 맹세했던 남자들을 알고 있다. 모두 거짓말이었다. 하지만 닉은 다르다고 생각했다. 정직한 남자라고. 때로는 화가 날만큼 정직한, 그럼에도 순수함을 가진 남자라고.

그런데 그도 다른 사람과 다를 바 없는 인간일지도 모르겠다. 그런 생각을 하는 것이 싫었다.

"같이 잔다고?"

"왜, 안 돼?"

"우리 사이에 그럴 일은 절대 없어. 너무 늦었어."

"그렇지 않아."

"음…… 미안하지만 나는 안 그렇게 생각해. 너는 결혼했어. 기억은 나니?"

"나는 한나를 사랑하지 않아."

"그렇다고 달라지는 건 없어. 여전히 결혼한 상태니까."

"한나도 나를 사랑하지 않아."

데이지는 그늘진 그의 얼굴을 보며 표정을 읽을 수 있었으면 좋겠다고 생각했다.

"그래, 그렇다고 쳐. 그럼 서로 사랑하지도 않는데 왜 같이 사는 거야?"

"그게 좀 복잡해."

"말해봐. 그 정도는 알아들어."

그는 한숨을 쉬고 시선을 돌렸다.

"그렇게 어려운 얘기도 아니야. 결혼이란 건 법적인 문제가 아니야. 잘못된 결혼도 훨씬 미묘하다고. 그건 감정에 관한 문제야. 함께 한 시간도, 책임도 있고. 사랑만 있으면 이 두 가지가 모두 해결된다고 하지만 항상 그런 것도 아니야."

그는 데이지를 돌아보고는 잠시 말을 멈췄다.

"너는 아마 이해 못 할 거야."

"그럼 이해시켜봐. 내가 그렇게 순진한 애도 아니니까."

그녀는 어둠 속에서 속삭였다. 갑자기 그가 정말로 한나와 자기에 대해서 어떻게 생각하는지 그의 입으로 직접 듣고 싶었다.

"나는 앞으로 결혼을 못 하거나 부모가 되지 못할 수도 있어. 하지만 벌써 스물여덟, 너랑 동갑이야. 그리고 그렇게 경험이 없지도 않아, 닉."

"듣던 중 반가운 소리군."

그의 엄지손가락이 그녀의 아랫입술을 어루만지다가 부드럽게 아래로 내려갔다. 그 친근한 몸짓에 온몸이 짜릿한 흥분으로 떨렸다.

데이지는 떨리는 목소리로 말했다.

"제발…… 그만……."

"너는 옛날보다 지금이 훨씬 사랑스러워. 스타처럼 냉담하고 초연한 척하지. 마치 이 촌스러운 마을과는 비교도 안 되고 나에게는 아무 관심이 없다는 것처럼. 하지만 네 눈은 전혀 그렇지 않아. 나도 거리를 두려고 했어. 네 말처럼 너무 늦었다고 생각해서. 그래서 거의 포기하고 있었어. 하지만 신이 도우셨는지 네가 돌아왔어. 포트폴에서 너를 본 이후로 자석처럼 너한테 끌리고 있어."

"그러면 안 돼."

"넌 너무 아름다워. 그리고 영리하지. 재능도 타고났고."

고개를 젓는 데이지를 무시하며 그는 계속 말했다.

"그리고 네 입술은…… 키스를 부르지."

"닉, 우린 이러면 안 돼. 한나는 어쩌고?"

"그놈의 한나."

그는 앞으로 몸을 숙이고는 그녀의 입을 자기 입술로 덮어버렸다.

그의 입술의 촉감에 숨을 쉴 수가 없었다. 온몸이 떨려 바로 그의 어깨를 잡았다. 굶주렸던 그녀의 입술은 더 강하게 그를 몰아붙였고, 그 순간 현실은 사라지고 없었다. 더 이상 참을 수가 없었다.

"내 사랑."

닉이 입술을 대고 중얼거리며 한 손으로 꼭 끼는 레오타드 안에 숨어 있는 가슴을 쓸어내렸다.

그녀의 입에서 신음 소리가 새 나왔다. 그의 혀가 슬며시 들어와 그녀의 입안을 탐색했다. 관능적이고 자극적이었다. 서로의 솔직한 욕망을 드러내는 키스였다.

십 년 만에 하는 키스였다. 아니 그보다 오래되었을 것이다. 디스코 데이에서 크게 싸우고 혼자 견뎌야 했던 잔인한 여름과 학교가 끝나고 사랑이 없이 계속되는 그의 부재. 그 사이에 한나의 뱃속에서 자라고 있던 예상치 못한 생명. 데이지는 어린 시절 그들의 열정적인 사랑을 기억한다. 그의 손이 자신의 머리 뒤쪽을 어떻게 잡고 키스했는지. 마치 데이지가 도망갈까 두려워하는 듯한 모양새였다. 그의 거친 감정의 분출, 갑작스런 욕망, 변덕스러운 행동도 모두 기억한다.

그녀는 그의 단점에도 그를 온전히 사랑했다. 그 이후로 그렇게 누군가를 깊이 사랑할 수 없을 정도로.

그는 그녀가 가지는 첫 섹스에 대한 두려움을 잘 이해해주었고 기다리겠다고 했다. 그녀가 준비가 될 때까지.

하지만 끝까지 기다리지 못했다.

한순간의 즐거움을 위해 그는 한나에게 가버렸다. 처음에는 화가 나서였을 것이다. 자기와 말다툼을 한 데이지를 벌주기 위해서. 그러나 한나에 대한 육체적 욕망도 있었을 것이다. 경험도 많고 더 매혹적인 여자에 대한 욕망. 그 생각이 다른 무엇보다 데이지에게 상처가 되었다. 받아들일 수밖에 없는 상처. 그가 한나를 탐하지 않았다면 루시도 생기지 않았을 것이다.

이제 그는 순진했던 소년에서 남자가 되었다. 어떻게 그녀를 흥분시키는지도 잘 알고 있다. 그는 입술을 더 강하게 누르면서 혀로 안을 부드럽게 쓸고 손으로는 몸을 더듬고 있었다. 그녀는 그 손길을 너무나 기다려온 것 같았다.

"나를 원해?"

그의 엄지가 팽팽히 선 젖꼭지를 쓰다듬으며 말했다. 다른 한 손으로는 허벅지를 위아래로 어루만지고 있었다.

그를 원한다. 자고 싶다. 아니, 그가 필요하다. 미칠 듯이. 그만이 치료할 수 있는 병에 걸린 듯 그를 갈망하고 있다.

데이지의 손이 그의 허벅지를 따라 내려간다. 은근하면서도 장난스럽게. 그녀의 손길에 강한 근육이 움직이는 느낌을 받는다. 입안이 마르고, 온몸에 불이 붙은 것 같다. 손가락을 위로 옮긴다.

그가 신음하는 소리가 들리고, 더 깊은 키스를 한다. 닉도 그녀를 원한다. 그런데 왜 그녀는 이것을 인정할 수 없을까?

그의 몸은 완벽했다. 굴곡진 선과 근육들은 계속 만지고 싶을 만큼 단단했다. 그와 동시에 그녀는 다시 긴장했다. 왜냐하면 조금만 더 가면……

"겁쟁이."

닉은 데이지의 손을 조금 위로 가져갔다.

"아, 좋아."

그는 부드럽게 웃었다.

"그래, 그래야지."

다시 그가 입을 맞춰왔다. 이번에는 깊고, 뜨겁고 급한 키스였다. 열기에 숨이 막힐 것 같았고 모든 감각이 이제는 돌이킬 수도 없을 정도로 점점 더 커져서 왜 그 오랜 세월 동안 그와 다시 시작할 생각을 안 했는지 궁금할 정도였다.

그는 데이지의 재킷을 벗기고 셔츠를 벗긴 후 레오타드에 이르렀다. 허리 쪽에서 레오타드를 벗기려고 해봤지만 몸을 전체적으로 움직이지 않으면 안 된다는 것을 알고는 어깨를 내려 검은색 레이스 브래지어가 보이도록 했다.

"너무 복잡해."

그가 불평하며 천천히 레오타드를 거의 허리까지 내렸다. 데이지는 흥분과 불안한 마음을 동시에 느끼며 자기의 몸을 탐하는 닉을 보았다.

"이건…… 그……"

"레오타드야."

"이 레오타드…… 너한테 아주 잘 어울리긴 한데 남자들을 멀리 쫓아내려고 만든 옷 같다."

"너를 막는 데 딱 맞는 옷이지?"

삐딱하게 웃더니 닉이 말했다.

"너와 자겠다는 마음의 정도에 따라 다르겠지."

"닉, 우리 여기서 멈춰야 해."

"그럴 수 없어."

"너는 싫다는 여자에게 강요하는 그런 남자 아니잖아."

"정말로 내가 그만두기를 원한다면 나를 밀어내봐. 이것 봐. 못하잖아."

그녀가 대답을 하지 않자 그는 손가락으로 그녀의 목에서 가슴골까지 쓸어내리며 침을 삼켰다.

"아, 너무 아름다워. 빨리 네 안으로 들어가고 싶어. 너와 해야겠어. 이 순간을 꿈꾸며 대체 몇 년을 허비한 건지."

가슴골에 키스하려 고개를 숙인 닉은 브래지어 한쪽을 내렸다. 가슴의 희미한 곡선을 바라보는 그의 눈이 어둠 속에서 빛났다.

"데이지, 제발 오늘 밤 나와 끝까지 가줘."

그녀의 가슴은 고통으로 아파왔지만 그만큼 그를 갈망하고 있었다.

닉이 자기에게 애원하고 있다. 그의 차에서 서로 얽혀 있지만 어떻게 멈춰야 할지 모르겠다. 자신의 몸은 굶주린 듯 달려드는 그에게 반응하고 있지만, 동시에 연륜으로 쌓인 상식과 현실 인식이 고개를 들고 있었다. 이런 것들이 자신의 품위와 자부심과 함께 공존할 수 없기 때문이다. 그리고 그의 강하고 단단한 남성과 열기를 데이지의 몸이 아무리 원한다고 해도 그녀의 이성은 직접적인 책임을 요구하고 있었다.

그래서 데이지는 결심했다. 무서우리만치 차가운 결정에 자신이 미워지려고 했다. 하지만 달리 도리가 없지 않은가? 그녀는 레오타드를 올려 가슴을 가리며 속삭였다.

"닉, 내 말 들어봐. 네 마음이 어떤지는 알아. 나도 같은 마음이니까. 하지만 오늘 밤 우리가 그렇게 하면 내일 우리 둘 다 후회하게 될 거야."

"그럴지도 모르지."

닉은 데이지의 손을 잡아 옷으로 몸을 가리지 못하게 하며 대답했다. 다시 고개를 숙여 데이지의 목에 키스했다.

"하지만 이제는 상관 안 해."

"한나를 사랑하지 않는다고 말하긴 했지만 딸을 생각해봐. 루시 말이야."

"고맙지만 지금은 아니야."

그녀는 웃지 않았다. 오히려 고통스러웠다. 그녀는 눈을 감고 말했다.

"이미 엉망인데 더 일을 어렵게 만들지 말자. 이건 굴복하는 거야."

"욕정에?"

"나는 욕망이라고 하려고 했는데. 어쨌든 맞아. 오래 묵혀뒀던 욕정에 굴복해서 더 악화시키지 말자. 내가 특별히 종교가 있어서 그런 건 아니야. 혼외정사가 죄라고 생각하지도 않고 유부남이라고 해도 크게 달라질 건 없어. 하지만 약속을 지키는 것은 중요하다고 굳게 믿고 있어. 그리고 너는 한나에게 결혼식 날 약속했어."

그녀는 이제 눈을 뜨고 가까스로 그를 밀쳐냈다.

닉은 어둠 속에서 데이지를 보았다. 눈이 빛나고 있다. 아직 흥분이 가시지 않은 그는 깊은 숨을 쉬고 말했다.

"그랬지."

속이 꼬이는 것 같았다. 영원히 후회할 일을 할 뻔해서 속이 아픈 것인지 중도에 그만둬서 그런 것인지는 모르겠다.

시간이 가면 알게 되겠지.

그의 어깨 너머로 어둠 속에서 움직이는 그림자가 있었다.

"저게 뭐야?"

그는 인상을 쓰며 돌아봤다.

밝은 빛이 차 내부로 쏟아져 들어와 잠시 눈이 멀었다. 깜짝 놀란 그녀는 손으로 눈을 가리다가 문득 아직 레오타드가 브래지어 밑으로 내려가 있다는 것을 깨달았다. 급히 치켜올리고 숨을 내쉬었다.

"파파라치야! 파파라치!"

불빛이 사라지고 그림자가 도망쳤다. 충격을 받은 닉이 그녀를 보았다. 그러고는 가슴으로 시선을 옮겼다.

"파파라치라고!"

데이지는 손에 얼굴을 파묻었다.

"젠장. 그를 잡아야 해, 닉. 우리 사진을 갖고 있어. 같이 있는 거. 이런 모습으로 함께 있는 모습이 찍혔다고."

상황을 이해한 닉은 차 문 손잡이를 잡고 말했다.

"이리 와, 개자식!"

차 한 대가 길을 따라 올라가는 소리가 들리고 데이지는 차 옆으로 넘어졌다. 저 멀리 차의 헤드라이트가 격렬하게 위아래로 흔들리는 것을 보니 파파라치는 시내 쪽으로 가고 있는 듯했다.

데이지는 어둠 속에서 자신에게 중얼거리며 걸었다.

'도대체 무슨 생각을 하는 거야? 닉은 결혼했잖아.'

결혼했다고.

닉이 숨을 헐떡이며 뒤에서 달려왔다.

"도망쳐버렸어. 길 끝에 세워뒀던 게 분명해. 우리가 올라올 때 보이지 않는 곳에. 아마도 몇 시간을 기다리고 있었을 거야. 네 사진을 찍겠다는 일념으로."

운전석 문을 열던 그의 목소리는 화가 나 있었다.

"그 남자 쫓아갈까?"

"아니, 소용없어. 잡아도 사진은 절대 내놓지 않을 거야. 절대 못 받아. 그가 절대적으로 유리한 위치에 있는 걸."

"얼굴을 한 대 갈길 수도 있어. 적어도 기분은 좋아질 것 같은데."

그는 이를 물고 어두워진 길을 보며 말했다.

"좋은 생각이야. 정지된 차 안에서 사진을 찍혀 당황한 나머지 폭력까지 휘둘렀다는 기사가 나올 거야."

닉은 차에 타지 않고 문을 세게 닫았다.

"하지만 저 자가 법을 어긴 거라고. 불법이잖아."

"아니야. 합법적이야."

그녀는 수치심과 절망에 신음하며 갑자기 일어난 사태의 파급효과를 생각했다.

"냉정히 생각해봐. 너랑 차 안에서 가슴을 드러내놓고 키스를 하고 있는 사진이 있어. 몇 시간 안에 가십 사이트에 실시간으로 퍼질 거야. 그는 이미 전화를 걸고 있을 걸. 구매자를 찾으려고."

"제기랄."

"닉, 미안해."

닉은 보닛 너머로 데이지를 보며 말했다.

"왜 네가 미안해? 네 잘못이 아니잖아. 다짜고짜 키스를 한 건 나였어."

"맞아, 하지만 나는 그런 자식들을 겪어봤으면서도 손 놓고 있었어. 좀 더 잘 파악하고 있어야 했는데. 내가 조심하지 않은 거야. 여기 콘월에 왔으니 안전할 거라고 생각했거든. 하지만 파파라치는 언제 어디서든, 무슨 짓이든 하는 작자들이야. 도덕적으로 잘못되고, 정신 나간 짓이어도 팔릴 사진 한 장만 있으면 말이야."

그녀는 측은한 눈으로 닉을 보며 말을 이었다.

"그리고 그 사진에는 나 혼자만 나온 것도 아니야."

그는 잠시 이해가 안 간다는 듯한 표정을 하며 차에서 한 발 떨어졌다.

"한나. 세상에. 루시."

"미안해, 정말."

그는 어둠 속에서도 선명하게 보이는 고통에 찬 눈을 감았다.

그러고는 차에 탔다.

"나중에 봐."

그는 거칠게 말하고는 문을 닫고 그녀의 인사도 받지 않고 바로 가버렸다.

차의 후면등과 엔진 소리가 곧 사라지고 그녀는 어두운 농장에 홀로 남겨졌다. 콘월의 들판으로 대서양의 사악한 바람이 불어왔다.

'그를 보는 건 이게 마지막이겠지.'

그녀는 우울하게 생각했다.

하이힐을 신고 뒷문으로 비틀거리며 걸어가는 데이지를 고양이가 반겨주었다.

9

다음 날 요가를 반 정도 끝냈을 때 커스티의 문자가 왔다.

'인터넷에 도배가 됐어. 점심 같이 먹을까?'

데이지는 문자를 보고 신음했다. 한편으로는 안도하고, 한편으로는 닉 올드와의 밀회가 이제는 모두에게 알려졌다는 공포가 몰려왔다.

'고마워. 좋아.'

그녀는 문자를 치며 잠시 주저하다가 생각이 난 듯 덧붙였다.

'먹을 게 하나도 없어. 찬장도 다 비었어.'

커스티는 몇 분 후에 다시 답 문자를 보내왔다. 데이지는 누워서 무릎 사이에 머리를 끼워 넣으려고 하던 중이었다.

'점심 때 술집으로 나와. 변장하고. 기자들이 진을 쳤다.'

거친 카펫 위에 드러누운 데이지는 몸도 아프고 기분도 나빴다. 변장이라.

샤워 후 그녀는 언니의 예전 방에 들어가 옷장 문을 열었다. 옷장 안은 거의 비어 있었지만 히피 냄새가 풀풀 나는 싸구려 옷들이 있었다. 화려한 색감의 재킷, 발목에 밴딩이 되어 있는 헐렁한 빨간 바지, 군화도 있었다.

"완벽해."

엄마 서랍에서 꺼낸 노란색과 흰색 면 스카프를 꼬아 머리에 두르고, 눈에는 스모키 화장을 했다. 그녀는 거울에 비친 히피족으로 감쪽같이 변신한 자신의 모습에 만족스러웠다.

스타라기보다는 광대 같은 해괴한 복장의 데이지는 마치 투명인간이 된 것처럼 누구의 시선도 받지 않을 것이다. 콘월에서는 아직도 히피가 죽지 않았기 때문이다.

그녀는 머리를 비틀어 반다나 밑으로 나오게 하고는 언니의 선글라스를 꼈다. 커다란 뿔테 선글라스는 뒤로 젖히거나 하지 않으면 얼굴의 반을 가려주는 아주 유용한 물건이었다. 입술에는 밝은 빨간색 립스틱을 발랐다. 이제는 정말 이상해 보였다. 히피 같기도 하고 행인 같기도 한 모습이었다.

"이제 모자만 쓰면 되겠다."

데이지는 중얼거리면서 차 키를 집었다. 그리고 문득 자기의 포르쉐가 얼마나 눈에 띄는지를 깨달았다.

삼십 분 후에 데이지는 택시에서 내려 이십 파운드를 내면서 말했다.

"잔돈은 괜찮아요."

"고마워요, 미스 다이아몬드."

택시 기사는 쾌활하게 말했다. 전화로 요청할 때 캣 위젤이라는 이름을 댔는데도 말이다.

"돌아가실 때도 필요하면 전화 주세요."

변장이 들켰나?

술집은 한산했다. 다만 데이지의 예상보다 훨씬 눈에 띄는 런던의 기자들이 몇 명 있었다. 그녀가 들어서자 일제히 그들의 눈이 꽂혔다. 그녀를 보자 바로 흥미를 잃고는 맥주잔으로 손을 뻗었다.

"와아!"

커스티는 어젯밤 데이지가 앉았던 자리에 앉아 있었다. 삼 초도 안 되어 변장한 데이지를 알아본 커스티는 손을 흔들었다.

"콜라 마실래? 어쨌든 술은 안 돼. 오후에 일해야 하거든. 점심도 시켜놨어. 괜찮지? 배고파 죽을 것 같아."

"그럼, 괜찮지. 뭐 시켰어?"

공중에 대고 키스하는 시늉을 한 후에 바로 친구의 볼에 붉은 립스틱 자국을 냈다.

"어머, 미안."

"고마워. 꼭 거리의 여자에게 키스 당한 기분이야 지금."

"하나도 안 재밌어."

"미안. 콘월 패스티랑 감자칩 시켰어. 여기서는 보통 이걸로 식사를 하거든. 로마에서는 로마법을 따라야지?"

"물론, 그래야지."

데이지는 앉아서 다시 기자들을 둘러보고는 속삭였다.

"저들이 온 지 얼마나 됐어?"

"아침 내내 있었어. 근처 책방에 아예 캠프를 차렸어."

"택시에서 보니까 책방이 문을 안 연 것 같던데. 그러니까……
닉이 거기에 있든?"

"아닐걸."

커스티는 탁자 위로 몸을 기울이더니 웃음을 참으며 호기심 가득한 눈으로 쳐다보았다.

"빨리 말해봐. 점심 값으로 가십 거리를 받아야겠어. 오늘 점심은 내가 낼게. 다음엔 네가 사. 도대체 어젯밤에 무슨 일이 있었던 거야? 사진이 잘 안 보이는 건 아닌데……. 그래도 친구에게 유리한 해석을 하고 싶어서 말이야."

"내가 봐도 돼? 아침에 보고 싶어 혼났어."

"정말?"

"그렇다니까."

커스티는 스마트폰의 화면을 몇 번 넘기더니 데이지에게 사진을 보여주었다.

"아, 망할."

미국에 있는 엄마가 안 봤으면 싶었다. 감사하게도 사진은 흐릿했지만 옷이 엉망인 데이지 다이아몬드가 그림자 같은 형체로 나온 남자와 함께 차 안에 얽혀 있다는 것은 알 수 있었다. 검정색 브래지어가 보였다. 다행히도 가슴은 보이지 않았다. 그리고 립스틱이 번진 얼굴로 놀란 표정을 짓고 있었다. 플래시로 자연스럽게 색이 날아갔다.

"나 너무 놀란 것처럼 나왔다. 시간마다 전기 충격 받는 것처럼."

"맞아, 삼십 분마다 전기 충격 받는 모습이야. 데이지, 걱정하지 마. 이 남자가 누군지 알아내지 못할 거야."

커스티는 다시 탁자 위로 몸을 숙이고 속삭였다.

"그러니까 닉은 안전해. 말하자면 그렇다는 거야."

"말하지 마."

"왜, 증거가 없잖아. 네 증거는?"

"정말로, 커스티. 그냥…… 그만 해."

"그러지 말고 긍정적으로 생각해. 네가 그들의 결혼을 깨려고 했으면 이건 정말로 확실한 방법이잖아."

뒤쪽에서 소리가 들리자 데이지는 몸이 굳었다. 파파라치 두 명이 추가로 술집에 들어와 미온적인 태도로 다른 사람에게 인사했다. 서로 라이벌이니.

"둘의 결혼을 깨려고 그런 게 아냐."

"그럼 어째. 조금 의심스러워 보이거든. 어젯밤에 닉은 가게 위층에서 잤어. 아침 일찍 조깅하러 나왔다가 그가 창가에 있는 걸 봤어."

데이지는 죄책감이 들었다. 지난밤에 한나가 그를 내쳤을까?

기자 한 명이 슬롯머신을 시작했다. 곁눈질로 그를 보니 그는 계속 주위를 살피고 있었다. 그가 알아봤을까?

"한나는 오늘 이미 전쟁 모드로 돌입했어."

커스티가 주스를 마시며 말을 계속했다.

"뭐라고?"

"하, 너 지금 정말 겁먹은 표정이네. 우리 증조할머니 말처럼 객쩍은 표정이야. 긴장 풀어. 그냥 한나일 뿐이야. 걔가 너한테 무슨 짓을 하겠어?"

"묵사발이 되도록 패겠지."

"하긴…… 걘 정말 그러고도 남을 애야."

데이지는 숨쉬기가 힘들었다. 이 작은 바 안에서 바로 뒤에는 파파라치들이 있다. 누군가 목소리를 알아들을까 소리를 낮췄다.

"전쟁 모드가 정확히 무슨 말이야?"

"오늘 아침에 서점 위층에서 닉을 봤다고 했잖아. 그런데 조깅하고 돌아올 때 보니까 한나가 있더라고. 문을 두드리고 있었어."

"아, 세상에."

"큰소리로 닉을 욕하고 있었어. 정말 사랑스러운 여인이지?"

커스티는 웃으며 말했다. 데이지는 탁자에 이마를 쿵쿵 찧었다. 여기서 뭘 어쩌려는 걸까? 모두 자기 잘못이다. 애초에 집을 보겠다고 하는 게 아니었는데. 촬영 때까지 그냥 에섹스에 있었으면 이런 일이 없었을 텐데. 그랬더라면 닉과 한나는 여전히…… 자신이 오기 전처럼 지내고 있었을 것이다. 아마 견딜 수 있을 때까지 최대한 서로를 견뎌내고 있었을 것이다. 그러면 자신은 남편을 꼬신 년이라는 비난을 면할 수도 있고, 히피 같은 복장으로 몇 주를 보내거나 파파라치를 피해서 길을 돌아가지 않아도 됐을 것이다.

그때 데이지의 집요한 추적자가 걸어 들어왔다. 로날드 스크로츠였다.

"지금 이게 다 지독한 악몽이었으면 좋겠어."

데이지는 손에 얼굴을 파묻으며 말했다.

"콘월 패스티와 감자칩 이 인분 나왔습니다."

여자 주인이 큰 소리로 말하며 접시를 두 사람 앞에 놓았다.

"나이프와 포크, 핫소스는 바에 있어요. 안녕하세요, 커스티. 잘 지내요, 다이아몬드?"

그 여인은 자신이 방금 무슨 짓을 했는지 모른 채 환하게 웃었다.

"그 우스운 복장 때문에 하마터면 못 알아볼 뻔했어요. 서커스에라도 들어갈 계획인가 봐요?"

론 스크로츠가 주의 깊게 이들을 보았다. 슬롯머신을 하던 기자도 멈춰서 이상한 히피 차림의 여자가 누구인지 알아보고는 놀라서 입을 다물지 못했다. 점심을 먹고 있던 파파라치 한 명은 놀라서 햄버거 빵을 떨어뜨리고는 카메라 장비를 주섬주섬 챙겼다.

"그녀야."

그는 햄버거를 입안 가득히 넣고는 파트너에게 말했다.

"저쪽. 데이지 다이아몬드가 있어."

론은 서둘러 그들에게 다가와서는 가슴이 풍만한 여주인에게 길을 비켜주었다.

"데이지? 미스 다이아몬드? 몇 가지 질문을 해도 될까요?"

"뛰어!"

데이지는 커스티를 보며 소리를 질렀다. 핸드백을 들고 친구가 잘 따라오는지 확인할 새도 없이 문으로 돌진했다. 하지만 한나가 문가에 서서 길을 막고 있었다. 햇빛이 내리쬐는 바에 거대한 어둠이 내리는 것 같았다. 세상의 모든 기쁨을 빨아들일 듯한 어둠이었다.

데이지는 갑자기 말을 잃은 채 멈춰 섰다. 안타깝게도 그녀의 변장은 한나의 눈을 단 일 초도 숨길 수 없었다.

"너랑 할 말이 있어."

한나가 엄숙하게 말하며 데이지의 가슴팍을 손가락으로 찔렀다.

"밖에서. 지금 당장."

아, 세상에. 한나는 자기에게 어떤 벌을 내리려고 하는 걸까?

그때 갑자기 누군가가 데이지의 손을 뒤로 잡아당겼다. 그 손은 데이지를 한나에게서, 만인 앞에서 교수형에 처할 위기에서 구해 주었다.

"어서 서둘러. 뒷문으로 가자. 네가 가면 내가 저들을 막을게."

커스티가 귀에 대고 말했다. 데이지는 친구에게 형언할 수 없는 감사의 눈길을 던지고는 좁고 하얗게 탈색된 복도를 따라 화장실을 지나 술집의 뒷문으로 갔다.

"이봐, 기다려."

론이 데이지의 소매를 잡았지만, 그녀는 가방으로 떨쳐내고 도망쳤다. 그 사진기자는 도망가는 모습만을 찍을 수 있을 것이다. 그리고 몇 초 후 밖으로 나와 봄의 싸늘한 햇빛을 받았다.

"데이지 다이아몬드! 데이지 다이아몬드!"라고 외치는 소리가 들려왔다.

그녀는 길을 따라 달리다가 차를 가지고 오지 않았다는 사실을 깨달았다. 어디로 갈지 도무지 생각이 나지 않았다. 그때 길 맞은편에서 허스키한 목소리가 들려왔다.

"여기야, 서둘러!"

닉이었다.

'악마의 책방'의 그늘진 문가에 서 있던 그는 짙은 모자를 눌러써서 얼굴을 가린 채 손짓을 하고 있었다. 그녀는 잘하는 짓인지 생각도 하지 않고 달려갔다.

그의 모습에 기쁨과 안도감이 넘쳐흘렀다. 자신도 모르게 발이 그에게로 향했다. 잠시 후 그녀는 천천히 움직이는 차들 사이로 빠져나가 그의 품으로 달려들었다.

닉은 그녀를 가게 안으로 데리고 가서 문을 잠갔다.

"뒤쪽으로."

데이지는 널려 있는 상자들에 걸려 넘어질 뻔하면서 처음으로 책방 안으로 들어갔다. 무슨 택배 회사도 아니고 왜 이렇게 상자가 많은 걸까. 가다 보니 작은 문이 나왔다. 반쯤 열린 문은 흐릿한 복도로 이어졌다.

닉이 그녀를 잡았다. 그의 표정은 술집에 나타난 한나의 표정처럼 어두웠다.

"거기서 무슨 일이 일어나고 있는 거야?"

"사냥이지. 죽음으로 이르는."

"파파라치?"

고개를 끄덕이며 데이지는 덧붙였다.

"한나도 왔어."

"우리 사이는 끝났어. 어젯밤 한나에게 말했어. 이혼 안 한다고 해도 상관없다고. 오늘 아침 변호사를 만나고 왔어. 그랬더니 별거에 기초해서 일 년만 더 버티면 이혼 명령에 충분한 기간이라고 하더군."

"아, 닉. 일이 이렇게까지 돼서 정말 미안해."

그녀는 눈을 감고 이 좁고 낮은 복도에 둘이 얼마나 가깝고 친밀하게 서 있는지를 잊으려고 했다.

"하지만 루시는 어떻게 해?"

"내가 양육권을 얻어낼 거야."

"양육권?"

"한나와 루시는 잘 지내지 못해. 한나는 루시가 자폐증이라고 생각하지 않거든. 아무리 내가 의사의 말을 증거로 보여줘도 인정하지 않아. 루시가 그저 관심을 받으려고 한다고 생각해. 내 관심을 끌려고 말이지."

말을 하는 닉의 얼굴이 화가 난 것 같았다.

"그건 너무하다."

"질투하는 거야. 언제나 그랬어. 학교 다닐 때도. 나에게서 너를 떼어놓으려고 안달이었지. 그리고 루시가 커가니까 나와 그 아이가 함께하는 시간을 없애려고 해. 내 딸인데도 말이야."

"미쳤네."

"한나에게는 심각한 문제가 있어. 하지만 우리 결혼을 유지하려고 나도 무지 애썼어. 한나의 변명을 들어주면서 제발 그녀가 변하기를 빌었지. 밤이면 저기에 누워서 도대체 한나가 어디 있는지 궁금해했어."

데이지의 눈이 커졌다. 고개를 저으며 말했다.

"무슨 말이야?"

"바람을 피웠어. 결혼하고 얼마 안 돼서부터. 사실 그 전부터지. 꽤 오래갔어."

"그래서 루시가 누구 애인지 의심했어?"

그는 지친 표정으로 고개를 끄덕였다.

"맞아. 바람피운 걸 알고 처음에는…… 화가 나서 유전자 검사를 하자고 했어. 실로 한순간이었지만 그때는 내가 미친 것 같았어. 하지만 루시는 틀림없는 내 딸이야. 맞아."

이를 어떻게 생각해야 할까. 커스티는 한나의 외도에 대해서 한마디의 언급도 하지 않았다. 하지만 한나의 행동에 대해 몇 가지 이상한 말을 하기는 했다. 닉은 더 좋은 대접을 받아야 한다고. 그게 그 뜻이었을까?

"하지만 결혼하기 전에 만나던 남자가 있었다면 왜 한나는…… 그러니까 루시를 임신하고 있었는데 왜 말하지 않았던 거지……?"

"유부남이었으니까."

"말도 안 돼."

"한나는 학생 때부터 그 남자와 깊은 사랑에 빠져 있었어. 나이 차이가 많이 났어. 한나가 말해주더군. 그 남자의 아이를 가졌다고 생각했대. 그래서 그날 밤 나에게 술을 먹이고 유혹한 거야. 이후에 나를 결혼이라는 덫에 걸리게 해서 임신을 숨기려고 한 거지. 그런데 그때 임신한 게 아니었어. 병원에서 초음파 검사를 할 때 알았는데, 임신 날짜가 잘못됐거든."

공허한 웃음을 뱉는 닉의 얼굴에는 주름이 패어 있었다.

"모든 것이 허무했어."

"그게…… 누구야?"

"앤디의 아버지. 그 가게 주인. 얼마 전에 죽었어. 그래서 한나가 거의 제정신이 아니었지. 이미 미치긴 했는데, 더 미쳤어. 대놓고 슬퍼할 수도 없었으니까. 언제나 비밀리에 만나고 있었거든."

"앤디도 알아?"

"어렴풋이 알고는 있는 것 같아. 앤디의 어머니도 그렇고. 근 십 년의 외도를 아내에게 숨기기가 쉽지는 않잖아. 밤에 집에 안 들어오거나 서툰 변명을 하며 늦게 들어올 때면 꼭 마치…… 뭐 하고 들어왔는지 추측하기가 어렵지 않지."

"많이 힘들었겠다."

데이지는 말하며 그의 뺨을 어루만졌다. 닉은 고통으로 눈을 감고 살며시 데이지의 손에 기댔다. 이러면 안 되는 건 알지만 어떻게 지금 닉을 밀어낼 수 있겠는가?

앞으로도 이런 키스를 할 수 있을지는 알 수 없지만, 지금뿐일지라도 둘은 서로 강하게 밀어붙이는 키스를 했다. 그런데 그때 가게 문을 세게 두드리는 소리가 들렸다. 데이지는 놀라서 닉을 보았다.

"한나 아니면 파파라치야."

"파파라치는 저렇게 문을 두드리지 않아. 몰래 다니니까. 어두운 구석에 숨어서 아무도 모르게 사진을 찍는 게 일이거든."

"어젯밤에 그건 충분히 알게 됐어."

"악마."

여자의 목소리였다.

"악마? 안에 있어?"

"저건 분명히 한나야. 너 말고 나를 아직도 악마라고 부르는 사람은 그녀밖에 없어."

잠시 뜸을 들이다가 덧붙였다.

"그것도 사람 면전에 대고."

"이름도 악마고, 천성도 악마고?"

"그런 거지."

두드리는 소리가 더 커지고 격해졌다. 그늘 속으로 웅크리는 데이지의 속이 아파오기 시작했다. 이번에도 자기 잘못이다. 어젯밤에 이어 또 키스를 하면 안 되는 것이었다. 제정신이 아니었다. 이제는 한나는 데이지의 이름을 외쳐댔다. 그 목소리는 분노에 차 있었다. 양심의 가책이 커졌다.

"거기 숨어 있는 거 알아. 데이지 다이아몬드. 그 더러운 손 치워. 이 도둑년!"

한나가 가게의 우편함에 대고 소리쳤다.

10

닉은 얼굴을 찡그렸다.

"젠장. 정말 미안해. 한나는 정말 말도 안 되는 얘기를 저렇게 내뱉곤 해."

"걱정하지 마."

데이지는 한나의 비난에 아무렇지 않은 척했지만 실은 상처가 너무 깊어 어떻게 해야 할지 모르는 상태였다. 내일 연예 기사 페이지 헤드라인이 어떻게 뜰지 예상할 수 있었다. 분명 있지도 않은 이야기들이 퍼지겠지. 파파라치는 한나가 소리치는 것을 들었을 것이다. 그들은 한나처럼 닉의 가게 문을 부술 기세로 두드리지는 않았겠지만 한나와 인터뷰할 것은 불 보듯 뻔한 일이었다.

"저거보다 더한 말도 들었는데 뭐. 내가 나오는 장면에 대해서 말이야. 실제로는 그렇지 않아. 개인적인 비난은 아니야."

"멘탈이 강하네."

"하지만 한나 말이 맞아. 너는 한나의 남편이야. 그런데 어젯밤에 우리는 키스했지."

"나는 허울뿐인 남편이야. 가능한 한 빨리 이혼이 마무리됐으면 좋겠어. 그럼 영원히 남이야. 루시가 아니었으면 진작에 끝났을 일이지."

데이지는 입술을 깨물었다. 그의 말을 믿어야 할지 확신할 수 없었다.

"한나는 독 같은 여자야, 데이지. 네가 이곳을 떠나서 성공한 걸 얼마나 싫어했는지 알아? 속지 마. 한나는 나를 원하지 않아. 하지만 네가 날 갖는 것도 원하지 않아."

그의 시선과 마주치고, 마침내 고개를 끄덕였다.

"좋아. 널 믿겠어. 하지만 아직도 죄책감이 느껴져. 쿠키 병에 한 손을 넣은 채로 들킨 것 같다고."

한나는 창가를 돌아 자리를 옮긴 것 같았다. 유리창을 통해 그녀의 소리가 들려왔기 때문이다. 결혼반지를 끼고 두드려대는 그 소리가.

닉은 즐거워 보였다.

"그럼 내가 쿠키야?"

"그렇지."

"그럼 네가 곧 쿠키 몬스터가 되겠군."

"그르르르!"

"괴물 같은 얼굴이야. 잘 어울려."

닉은 그녀를 위아래로 보더니 당황스러운 시선을 보냈다.

"그나저나 네 옷차림은 좀 미묘하군. 내가 길을 건너라고는 했지만 적당한 때가 아닌 것처럼 보였거든. 그러니까, 왜 이렇게 입은 거야?"

꽈배기 모양으로 꼰 노란색과 하얀색 스카프의 한쪽이 밑으로 처져 있었다. 닉은 가죽 부츠와 빨간 바지를 보고는 의심스러운 눈길을 던졌다.

"처음 보는 옷이네. 드라마 촬영용이야? 네게 잘못된 길을 알려주고 싶지는 않지만 이게 정말로 통할 거라고 생각한 거야?"

"변장한 거야."

"아, 그래? 그래도 여전히 통할 것 같진 않은데."

"보지 마."

"노력해볼게. 하지만 헤드기어는 꽤 괜찮아."

데이지는 팔짱을 끼고 그를 노려봤다. 둘은 밖에서 나는 소리를 들으면서 좀 더 기다렸다. 마침내 문을 두드리는 소리와 한나의 고함 소리가 그치고 차 소리만 들려왔다.

"한나가 돌아간 걸까?"

"확인할 방법은 한 가지밖에 없어."

"그렇게 말하니 무서워."

데이지는 천천히 닉을 따라 뒤쪽에서 가게 쪽으로 가며 작게 말했다.

"몸을 낮춰."

닉이 높은 책상 사이로 엿보며 말했다.

"왜 속삭이는 거야? 한나가 박쥐처럼 우리들 말을 엿들을까 봐?"

"아니. 한나는 소리를 정말 잘 지르잖아."

닉은 터져 나오는 웃음을 참으며 말도 안 된다는 듯이 고개를 흔들며 소리를 냈다.

"야옹."

"미안, 그건 좀 암캐 같아. 하지만 한나가 정말로 나를 죽일 듯이 쳐다봤다고. 그 상황에서는 너그러울 수가 없겠지."

햇빛이 비치는 길가는 텅 비어 보였다. 그는 지저분한 창문 사이로 거리를 둘러보고는 안도의 눈빛을 보냈다.

"갔어. 그리고 사진 기자들도 하나도 안 보여."

"지금은 그렇지."

"그래. 지금은."

이제는 돌아서 책장의 책을 살펴보는 데이지를 보며 닉은 아이러니한 미소를 지었다.

"미안. 문제 있는 내 결혼 생활 얘기가 좀 재미가 없었지?"

"아니, 그게 아니라 한번 둘러보고 싶었어. 당장의 살해 위협이 사라졌으니까. 그리고 이 가게에 대한 솔직한 감상도 줄 겸 둘러보는 거야. 물론 네가 괜찮다면 말이야."

그의 시선과 마주쳤다. 언제나처럼 속을 알 수 없다.

"얼마든지."

'악마의 책방'을 처음 방문했을 때, 이곳은 정말 희귀한 책을 찾을 수 있는 보물 창고라고 생각했다. 그리고 정확히 말하면 휴일에 들르고 싶은 그런 곳이었다. 앞 유리창 가까이의 앉을 수 있는 공간에는 등이 높고 쿠션이 놓인 의자와 손때 묻은 둥글고 붉은 가죽 소파가 놓여 있었다. 넓은 잎을 가진 커다란 식물이 벽을 타고 자라고 있어서 독서하는 사람들의 익명성을 보호해주는 듯한 인상을 주었다.

닉은 희귀본이 들어 있는 진열장을 들여다보는 데이지를 탐색했다. 슬픈 듯 보이는 얼굴에 얼핏 미소가 스쳤다.

"마음에 들어?"

"응, 너무 좋다."

그녀는 계속 빅토리아와 에드워드 시대의 양장본으로 된 문학 작품들이 꽂힌 책장을 손으로 따라가면서 걸었다.

"전에 왔을 때는 잠깐 본 게 다라서. 하지만 정말 좋다. 너무 잘 해놨어."

"고마워."

교묘하게 넓어 보이게 꾸민 가게는 카운터까지 선반이 이어져 있었고 그 위에는 중고 책들로 꾸며졌다. 범죄소설이나 로맨스소설 같은 인기 있는 장르의 책들은 회전식 선반에 두 단으로 나뉘어 진열되어 있었다. 위쪽에는 좁은 공간에 비소설 책들이 진열되어 있었고, 아래쪽의 동굴 같은 공간은 은은한 조명으로 아늑한 공간을 만들었다. 가능한 벽면은 모두 바닥부터 천장까지 선반을 설치해서 문학 소설, 시, 희곡 등의 책들을 진열했다.

닉은 몇 발 뒤로 물러서서 데이지를 따라갔다.

"오픈한 첫 달은 손님이 전혀 없었어."

"세상에, 정말?"

"가끔 사람들이 멈춰 서서 진열대를 보기는 했는데, 들어오지는 않고 그냥 가더라고. 그런 날이 계속됐지. 끔찍하고 절망적인 시간이었어. 내가 큰 실수를 한 게 아닐까, 돈 다 날리는 건 아닌가 하면서."

"너무 끔찍했겠다."

"그런데 바닥을 쳤는지, 딜러가 한 명 찾아왔어. 작고 날카로운 사람이었는데, 엑서터에 건물을 가지고 있는데 오래된 책 두 권을 사겠다고 했어. 그러더니 포트폴에 가게를 냈다고 나를 비웃더라. '콘월 사람들은 책을 안 읽어요'라면서."

"콘월에 사는 사람들 모두가 책을 안 읽는다고 했단 말이야?"

갑작스럽게 화가 나서 데이지가 물었다. 닉은 고개를 끄덕였다. 아련한 눈빛을 보니 어려웠던 그 첫 달을 생각하는 것이 분명했다.

"그래. 믿을 수 없지? 그 후로 한두 주 지났지만 여전히 고객다운 고객이 안 왔어. 그래서 그 딜러 말이 맞는 거 아닌가 하는 생각이 들기 시작했지."

"절대 그렇지 않아. 내가 알아."

"결국 너무 절박해진 나머지 지역 신문에 광고를 했어. 이 업자의 말을 인용해서 특히 콘월의 독자들을 대상으로 '책을 사랑하는 사람들이여 포트폴로 오라'는 식으로. 성대하게 재오픈 이벤트를 열어서 그 사람의 말이 틀리다는 것을 증명하자고."

"그게 먹혔구나?"

"문을 닫을 수 없을 정도였어. 사람들이 밖에까지 줄을 섰거든."

"너무 짜릿한걸."

"손님들이 나에게 화를 냈어. 아침 아홉 시부터 문 닫을 때까지 시내에 주차할 곳이 없다고."

"그런 도전을 할 생각을 했다니 대단하네. 대부분은 사업이 절망적인 상태가 되면 바로 그만두잖아. 아마 세 달도 못 가서 포기

할 걸."

"나도 그만두기 직전이었어."

닉이 시인했다. 갑작스러운 충동에 (조금은 의도적인 몸짓처럼 보였겠지만) 데이지는 한 손을 그의 가슴에 댔다.

"하지만 포기하지 않았잖아."

그 점을 지적하며 그녀는 까치발을 들어 그의 입술에 자기의 입술을 포갰다.

'그래. 내 실수야 하지만 물러나지 않을 거야.'

그와 함께 있으면 모든 것이 멈춘 것처럼 보였다. 닉이 데이지의 얼굴을 감싸며 말했다.

"데이지. 왜 포트폴을 떠났어? 나한테 한마디 말도 없이. 그래서 마음이 갈피를 잡지 못했어."

그녀는 닉을 뚫어지게 바라보며 멈칫했다.

"그 말은, 그래서 결혼했다는 거야?"

닉의 볼이 살짝 붉어졌다. 그가 고개를 끄덕이며 표정을 숨겼다.

"그렇게 생각할 만한 짓을 했지. 어쨌든 네가 말했다 한들 아무것도 달라지지 않았을 거야. 우리 사이에 이런 유혹이 더 빨리 왔으려나? 네가 한 일에 화가 났다는 게 아니야. 너는 스타야. 그런데 나는 어떻지?"

닉은 서점을 돌아보며 말을 이었다.

"나는 이 가게가 전부야. 촌구석에 있는 칙칙한 가게가 전부라고. 내 이름에 맞게 살아왔지. 악마, 바로 그 이름대로. 결혼도 파탄 나서 이혼 서류에 찍힌 도장도 곧 마르게 될 거야."

닉의 고통이 전해져 왔다.

"하지만 네겐 루시가 있잖아. 적어도 루시는 네가 이룬 최고의 작품이야."

"맞아. 내 딸이 생긴 게 내 인생에 있어 단 한 가지 좋은 일이야. 이 모든 일로 루시가 상처받지 않았으면 해. 아니, 이미 너무 많은 상처를 받았어. 내가 희망을 버리고 그토록 오래 버텨온 이유야. 나와 한나 사이를 고칠 수 있다고 생각한 거지."

데이지는 자기도 모르게 다시 그에게 키스했다. 닉이 그녀를 강하게 안았다. 그의 몸의 열기를 느낄 수 있었고 애프터 쉐이브의 희미한 냄새도 맡을 수 있었다. 이 남자와 아주 깊게, 그 무엇도 떼어놓을 수 없을 만큼 사랑에 빠졌다는 사실을 자각했다. 그를 두고 포트폴을 떠나 예전 생활로 돌아갈 수 있을까?

"닉……."

데이지는 따뜻하고 넓은 닉의 어깨에 기댔다. 점점 그의 입술에 중독되어가는 것 같았다. 심장이 넘치는 감정으로 부풀어 올랐다. 그녀는 그래도 이 사랑을 말하지 말자고 마음을 다잡았다. 자기의 마음을 절대 말하면 안 된다. 그가 그 감정에 응답해주지 않으면 둘 모두에게 정말 치욕적인 일이 될 것이다. 하지만 닉은 그렇게 생각하지 않는 것 같았다.

"너를 잊으려고 무진 애를 썼어. 한나와의 새로운 생활을 잘하기 위해 너는 영원히 가버렸다고 되뇌었지. 매일 아침 잠에서 깨면 너의 얼굴, 이름, 목소리가 내 귀에 들렸어. 또, 텔레비전을 켜면 거기에 네가 나와. 내 앞에 나타나 결코 평화를 주지 않는 거야. 내 사랑스러운 유령은 언제나 내 마음속에 있어."

데이지는 닉이 조용히 하는 말을 가만히 듣고 있었다. 숨을 쉬기가 어려웠다. 주위에 가득 쌓인 중고 책들의 오래된 냄새 때문만은 아니었다.

정말일까? 그는 정말 자기의 진심을 말하고 있는 걸까? 아니면 자기를 침대로 끌어들이기 위한 계략일까? 그녀가 살면서 그에게 들으리라고 예상하지 못했던 그 한마디를 기대하고 있던 순간에 그는 갑자기 말이 없어졌다. 대신 고개를 숙이고 서 있었다.

"무…… 무슨 말이야?"

데이지는 이윽고 물었다. 닉은 갑작스럽게 결심을 했다는 듯이 고개를 저었다.

"아니, 아니야. 있을 수 없는 일이야. 이러면 안 돼. 데이지, 할 말이 있어. 아주…… 중요한 일이야. 하지만 지금은 때가 아니야. 내 일들을…… 내 결혼을 정리하고 난 후여야 해."

"네 결혼을 정리한다고?"

그녀는 바보처럼 말을 반복했다. 닉은 데이지에게서 손을 떼고 뒤로 한 발 물러섰다. 내키지 않는다는 듯 천천히.

"그래. 한나와의 일을 깨끗이 해결하고 나면, 내가……"

하지만 그는 말을 맺지 못했다. 가게 앞쪽에서 커다란 소리가 들렸다. 유리가 깨지는 소리였다.

"도대체 무슨…?"

닉이 그 불길한 소리에 뒤를 돌아보았다. 자기에 대한 생각도 금방 머리에서 사라졌겠지 하고 데이지는 생각했다. 하지만 그녀는 그를 따라 걸어 나가면서 그를 결코 잊을 수 없을 거라 생각했다. 적어도 자기 마음속에서는 절대로 잊지 못할 것이다. 설령 다른 남자들과 만난다고 해도 그의 이미지는 마음속 어딘가에 자리 잡고 있을 것이다.

하지만 그가 자신을 유혹하려고 얼마나 많은 번지르르한 말을 했고, 그 말들은 어디까지가 진심이었을까? 결국 그는 사랑한다는 말을 한 번도 하지 않았다.

그 많은 말 속에서도 사랑한다는 말은 없었다.

"닉, 뭐야? 무슨 일이야?"

복도에서 닉이 갑자기 멈춰 서길래 물었다. 그는 말없이 손으로 가리켰다. 앞 진열창이 깨져 있었다. 유리가 깨지는 소리는 바로

이 소리였다.

"어머, 세상에."

벽돌 한 장이 진열창에 떨어져 있었다. 창틀 한 곳이 크게 부서져 있었다. 나머지 틀은 그나마 붙어 있었지만 심하게 갈라지고, 그 작은 균열들이 사방으로 뻗어 나와 있었다. 깨진 유리는 붉은 벽돌 주위에 흩어져 있고, 그로 인해 잘 진열해둔 책들이 다 떨어져 있었다.

누군가가 벽돌 위에 굵은 검정 펜으로 글자를 써놓았다.

벽돌 위에 써 있는 단어를 보니 가슴이 철렁했다. 거꾸로 된 글자여도 잘 읽을 수 있었다.

그 말은 닉이 아닌, 데이지를 향한 말이었다.

'화냥년.'

언제, 누가 가게 문에 이런 벽돌을 던졌는지 생각할 겨를도 없었다. 화풀이가 아니라 결의에 찬 행동이었다.

닉은 분노했다.

"한나, 네가 한 짓이지?"

닉은 그렇게 소리치며 론 스크로츠의 눈을 가리기 위해서 문의 블라인드를 내렸다. 론은 가장 악질적인 데이지의 파파라치였다. 닉은 인상을 쓰며 뒤로 물러섰다.

"죄송합니다. 오늘은 영업 안 해요. 다른 날 오세요."

"아, 책을 사려고 온 게 아닙니다. 올드 씨."

사진 기자는 먼지 낀 창틀 사이로 닉을 탐색하며 말했다. 그의 목소리는 알아듣기 힘들었지만 데이지는 바로 알아보았다.

"올드 씨 맞죠? 악마의 책방 주인이시죠?"

"절대 안으로 들이지 마."

데이지가 급히 속삭였다.

"예, 제가 올드입니다."

닉은 대답하고는 데이지를 잠깐 보았다. 그는 약간 의심스러운 얼굴이었다. 마치 버림받은 남자가 여자를 찾아다니는 모습 같다고 생각하는 것 같았다.

"글쎄요, 그렇게 늙지는 않았어요(old(올드)의 뜻이 '늙다'인 것을 이용한 말장난 - 역자 주). 하지만 제 이름이 올드인 건 맞아요. 책을 사려는 게 아니면 왜 오셨습니까?"

론이 닉을 지나쳐 데이지의 모습을 가리키면서 희미하게 웃었다.

"저기 여성분과 얘기를 나누고 싶습니다만."

그는 문가에 기대어 그들을 바라보며 바로 얘기했다. 손으로는 햇빛을 가리고 있었다.

"데이지 다이아몬드와 말입니다."

데이지는 눈을 감았다. 이 남자가 따라올 수 없는 곳은 도대체 어디일까?

"누구십니까?"

"저는 론 스크로츠입니다."

론은 재킷 주머니에서 때 묻은 신분증을 꺼내 보였다.

"그리고 미스 다이아몬드는 저와 인터뷰를 하기로 했습니다."

그녀는 더 이상 얌전히 있을 수가 없었다. 아무리 이 짐승 같은
남자에게 하는 말이 모두 신문이나 잡지, 인터넷 기사에 실린다
고 해도.

"도대체 어떻게 알아낸 거예요?"

"보답으로 이걸 편집자에게 보내지 않겠다고 약속드리죠."

그는 소름 끼치는 웃음을 지으며 말했다. 디지털 카메라의 화면
이 보였다. 작은 화면에 나타난 사진을 보니 롱렌즈를 이용해서
가게 안을 찍은 것이 분명했다.

"젠장."

데이지는 마른 입술 사이로 욕을 내뱉었다. 그 사진은 완전히
초점이 맞지는 않았지만 데이지와 닉이 가게 뒤에서 열정적으로
키스하는 모습을 알아볼 수 있을 정도는 되었다.

"이 개자식."

닉이 소리쳤다.

"그냥 먹고살려고 하는 짓입니다, 올드 씨. 다른 사람과 똑같
아요."

론은 조용히 대답하고 디지털 카메라를 내리고는 데이지를 똑바로 보았다.

"자, 이제 인터뷰를 시작할까요? 유부남과의 금단의 사랑에 대해서 말이죠. 당신의 팬들에게 당신의 입장을 말해보세요. 어린 시절의 첫사랑은 어땠는지……."

그는 자기의 메모를 확인하면서 말을 이었다.

"한나 올드와는 속도위반 결혼이라면서요? 아니면 데이지 다이아몬드의 다른 이야기를 더 좋아할까요? 오랫동안 고통 받는 아내와 그의 아이, 모두가 알게 되겠죠."

론은 깨진 창문을 몇 장 찍고 '화냥년'이라는 단어가 써진 벽돌도 찍었다.

"책들이 아주 맘에 드는군요."

그는 건조한 미소를 지으며 말했다. 닉은 긴장된 표정으로 데이지를 봤다. 데이지는 시선을 어디에 두어야 할지 몰랐다. 죄책감이 들었다. 자기가 이런 공포를 몰고 온 것이다. 유명 인사는 겉으로는 화려해 보이지만 자세히 들여다보면 저주와 같다. 이제 그 저주가 닉의 인생을 망치고, 그의 딸까지도 힘들게 할 것이다.

"정말 미안해, 닉."

그의 얼굴을 보니 마음이 천 갈래로 찢기는 것 같았다.

"네가 결정해. 그를 들일까 아니면 내쫓을까?"

닉은 결연히 말하고는 목소리를 낮춰 문의 걸쇠를 올렸다.

선택의 여지가 없다고 생각했다. 루시를 구하고 이야기가 퍼지지 않도록 하기 위해서는 어쩔 수 없었다. 그녀는 결심했다. 하지만 너무 고통스러웠다.

"들어오라고 해."

"저 자식한테 뭐라고 할 건데?"

그녀는 속이 뒤집어질 것 같은 느낌에 눈물을 참으며 그의 눈을 보았다.

"우리 사이는 끝이라고. 모두 실수였다고. 너는 아내와 딸에게 돌아갈 거라고. 비난 받을 사람은 나라고. 절대…… 네가 비난 받아서는 안 된다고. 그리고 나는 집에 돌아갈 거라고. 에섹스에 있는 집으로. 엄마랑 아빠도 분명 이해해주실 거야."

"데이지!"

그가 허락하지 않겠다는 듯이 앞으로 다가왔다. 하지만 데이지는 그의 팔을 붙잡고 고개를 저었다.

"아니, 이게 유일한 방법이야. 루시에게 더 이상 상처를 주고 싶지 않다면."

그녀는 그의 눈 속에서 망설임을 보았다. 그녀의 마음속은 몇 년 동안 느껴보지 못한 절망과 슬픔으로 뒤집어져 있었다. 그가 결혼한다는 말을 들은 날 이후로 처음이었다.

"어쨌든 그렇게 재미있는 일은 아니지. 그래도 언젠가는 마주해야 할 일이야. 우리의 사랑은 몇 년 전에 끝났어. 십 대 때 이미 끝났다고. 요 며칠간 있었던 일은 그저 장난이었어. 다시 불붙을 수 있다고 착각한 거지. 그게 우리 이야기의 전부야. 이제 이별을 고해야 할 때야."

눈물을 참으려고 하니 목이 아파왔다.

닉은 폭발할 듯 보였다. 하지만 잠시 후 분노가 차츰 사라지더니 무관심과 지루함이 자리를 잡았다. 그는 갑작스럽게 고개를 끄덕이더니 론을 데리고 들어왔다.

"네가 그렇게 생각한다면 더 이상 할 말이 없어."

그는 어깨를 으쓱했다. 마치 책의 한 장르에서 다른 장르로 관심을 옮기는 고객을 대하는 것 같았다.

11

데이지는 눈물을 가득 머금고 호텔 방의 건너편을 바라보았다.

"미안해. 달리 무슨 말을 해야 할지 모르겠어."

벤은 믿을 수 없다는 듯 그녀를 보았다. 그는 촬영이 재개되기 몇 주 전부터 몸을 만들었다. 얇은 하얀 셔츠 밖으로 가슴과 어깨의 근육이 인상적으로 부풀어 있었다. 근육이 더해졌다기보다는 스며들었다는 표현이 더 적절해 보였다.

"방금 한 말을 믿을 수가 없어."

그가 말했다. 그녀는 머릿속에서 숫자를 세며 기다렸다. 천백, 이천백, 삼천백. 그리고는 돌아서 문으로 걸어갔다.

"기다려!"

그가 뒤에 대고 소리쳤다. 그녀는 한 손으로 문손잡이를 잡고는 여전히 뒤를 돈 채 서 있었다.

"너를 사랑해."

그가 거친 목소리로 말했다. 그녀는 떨리는 숨을 뱉은 후 고통으로 가득한 눈을 감았다. 아랫입술이 떨렸다. 눈물이 자연스럽게 흘러나와 볼을 타고 흘러내렸다.

"당신은 금방…… 이겨낼 거야."

눈물 사이로 말을 더듬고는 문을 확 열었다. 문틀이 흔들릴 정도였다. 너무 세게 열었나 싶었지만 여전히 벽은 튼튼히 서 있었다. 그리고 그녀는 좁은 복도를 나와 아치형 조명과 전선들로 가득한 세트장을 가로질렀다.

데이지의 개인 비서 사라가 한쪽에 서서 조용히 박수를 쳤다. '대단해요'라고 입으로 말하고는 엄지를 들어 보였다.

"잘했어요."

데이지는 웃으며 침실에서 손에 얼굴을 묻고 울고 있는 벤을 보려 뒤를 돌았다.

"컷."

〈다우너스〉의 새로운 감독 조니 애글러가 목에서 엄지를 가로로 저으며 말했다.

"좋아요. 잘했어요. 모두 아주 좋아요. 저건 다음 촬영지로 옮겨요. 월요일 아침 다섯 시에 기운찬 모습으로 봅시다. 다들 주말 잘 보내요."

그는 스텝 한 명에게 노트를 건넸다. 그는 지나가면서 데이지를 보고 웃고는 가볍게 그녀의 어깨에 팔을 올렸다.

"연기 아주 좋았어요, 데이지. 바로 내가 원하던 연기였어요. 그 화 마지막에 주부들이 눈을 크게 뜨고 소리 지를 거예요. 고마워요."

"아니에요, 감독님."

촬영 중 휴식 시간에 가벼운 심장마비가 온 이전 감독 로드니를 대신하게 된 이 젊은 감독은 기대 이상으로 잘해주었다.

"감독님이 정확하게 그 장면이 어떤 장면인지 설명해주신 덕이에요. 정말 매번 너무 좋았어요. 특히 마지막에, 눈물을 머금고 상사를 떠나는 그 장면 말이에요."

"그가 약을 먹는 장면 말이죠?"

"맞아요."

두 사람 뒤로 나타난 벤은 조니가 데이지에게 팔을 두른 것을 보고는 인상을 썼다. 조니는 눈치 빠르게 팔을 내리고 벤에게 가볍게 인사했다.

"아까 그 부분 연기 좋았어요, 벤. 나까지 고통을 느낄 수 있을 정도였어요."

조니는 칭찬을 중간에 끊는 것처럼 웃고 나서 말했다.

"월요일 아침에 봐요!"

조니가 사라지자 벤이 여전히 찡그린 눈을 하고 데이지를 보왔다.

"저 말이 무슨 뜻이야? 그리고 왜 자기에게 팔을 둘러? 둘이 그렇고 그런 사이야?"

"뭐요?"

"자기랑 조니 말이야. 아 그런 거면 비밀 잘 지켜. 나는 관심도 없으니까."

데이지는 자기도 관심 없다고 생각했지만 대답하지 않았다. 그는 인사를 하는 사람들에게 답례로 얼굴에 미소를 띤 채 손을 흔들었다. 그러고는 다시 그녀를 보고 옆으로 끌며 말했다.

"저기, 촬영 없던 시기에 우리 사이에 있었던 일 말이야……. 그건 내 실수였어. 우리 사이에 휴식기가 있어야 한다는 당신 말이 맞는 것 같아. 안 그랬으면 우리는 절대 잘 안됐을 거야."

데이지는 눈썹을 올렸다.

"쉬자고 제안한 적은 없어요. 그저 끝났다고 말한 것뿐이에요."

"그래, 당신이 그렇게 말한 건 기억해. 그렇게 말해야 당신 맘이 편했던 거겠지. 나도 이해해."

그녀는 화가 나서 주먹을 그의 머리 위로 들어 올려 보았다. 다행히 그때 벤의 전화가 울려서 그가 전화를 받으려고 몸을 돌렸다.

"안녕, 자기."

그가 친근한 목소리로 전화를 받았다. 이전에 몇 번이고 저 목소리를 들은 적이 있다. 함께 출연하는 짜증나는 남자 배우와의 키스를 좋아할 만큼 잔뜩 취했던 그날 밤에도 저 목소리를 들었다. 키스를 하느니 죽는 게 낫다는 이성이 자리를 잡기 전에 끌렸던 목소리였다.

사라에게서 스크립트를 받은 데이지는 전화를 끊고 돌아선 벤을 보니 소름이 돋았다.

"데이지, 자기야. 기다려. 역까지 데려다줄 수 있을까? 오늘 저녁에 팻시를 만나기로 했거든. 그런데 비가 내리지 뭐야."

그는 유명한 연극배우의 이름을 들먹였다. 일부러 목소리를 높여 자기가 그런 유명 배우와 인맥이 닿아 있다는 것을 보여주려는 것이다. 데이지는 눈을 가늘게 뜨고 그를 보았다.

"우산 빌려줄게요."

그는 전화기를 주머니에 넣기 전에 무언가 중얼거렸다. 그러더니 다시 그녀를 보고 말했다.

"자기야, 내 머리 말이야. 젖으면 어떡해?"

그녀는 사라가 웃는 것을 보았다. 그러고는 어쩔 수 없다는 듯 어깨를 으쓱했다.

"좋아, 옷 갈아입고 화장 좀 정리하려면 이십 분 정도 걸려요."

거의 삼십 분 후에 눈 화장을 약하게 하고 화려한 옷 대신 평상복으로 갈아입어 좀 더 정상적인 모습을 한 데이지는 재미없는 벤과 함께 주차장으로 왔다. 정말로 비가 오고 있었지만 그리 많이 내리지는 않았다.

5월 하순의 오후. 비는 내리지만 따뜻했다. 데이지는 하늘을 보며 포트폴의 날씨는 어떨까 하고 생각했다. 아침 일기예보에서 콘월 지역에 크게 뜬 태양을 보았다. 하지만 서둘러 이런 생각을 떨쳐 냈다.

포르쉐로 걸어가며 그녀가 말했다.

"그래도 비가 그렇게 많이 내리지는 않네. 그쳐가는 것 같으니 그냥 우산을 빌려줄게요. 역은 나랑 가는 방향이 반대거든요."

그녀는 가방을 뒷좌석에 던지고 말했다. 벤이 데이지의 팔을 잡았다.

"요새 왜 그래, 데이지? 내가 자기에게 아무 의미 없는 사람인 것처럼 굴잖아."

"당신은 나에게 아무 의미도 없어요."

"참 고마운 말이군."

"물론 우리는 친구기는 해요."

그녀는 심하게 찡그린 그의 얼굴을 보고 위험을 감지하고 말했다.

"그리고 내 상대 배우니까, 존중하고 있어요. 그리고 당신의 연기력도 인정하고 있고. 하지만 이제 이런 건 집어치워야 할 때잖아요. 당신도 나한테 관심 없고. 그리고 지금은 다른 사람이랑 만나고 있으면서."

"거짓말이었어."

그가 불쑥 화난 목소리로 말했다. 얼굴은 빨개져 있었다.

"뭐?"

"엄마한테 온 전화였어. 거물과의 약속이 아니야. 저녁으로 생선을 먹을지 미트파이를 먹을지 물어보려고 전화한 거야."

벤은 창피한지 발끝을 보며 말했다.

"흠…… 그래요."

"흠…… 뭐?"

"나라면 미트파이를 먹겠어요."

"금요일이라고. 금요일에 우리 집은 보통 생선요리를 먹었어. 그리고 또."

그러더니 벤은 자신의 가슴과 평평한 배를 쓸며 덧붙였다.

"고기는 먹을 수 없어. 다이어트를 하고 있으니까. 엄마도 알고 있다고. 나를 그저 놀리려고 하는 거야."

그녀는 웃음을 참느라 입술을 깨물었다.

"웃기려고 한 거 아니야."

벤이 화가 나서 외쳤다. 그러고는 갑자기 그녀의 어깨를 잡았다. 그 바람에 데이지는 깜짝 놀랐다.

"여러 여자들과 만나봤지만 다들 나를 이해하지 못했어. 여배우들은 그저 배역을 따내는 데 내가 도움을 줄까 해서, 아니면 에이전트를 만나게 해달라고 부탁하는 거였어. 나머지는 내 돈이 목적인 여자들이었고. 계속 얼마 버냐고 묻더라고. 알지. 우리가 진짜로…… 그거 하는지."

그 말을 하면서 벤의 얼굴은 빨개졌다. 그의 이마의 라인이 점점 뒤로 밀려나고 있는 것 같았다.

"그냥 예전의 우리로 돌아가고 싶어. 헤어지기 전으로."

"벤, 말했지만 나는…… 나는 당신이랑 더 이상 만나고 싶지 않아요. 솔직히 그런 마음이 든 적도 없었어요. 미안하지만 그렇게 됐어요."

"나는 받아들일 수 없어. 말도 안 돼. 우리가 연기했던 장면, 내가 어떻게 그렇게 잘 연기했는지 알아?"

"몰라요."

그는 그녀의 목소리에 깃든 반어적인 의미를 감지하지 못한 것 같았다.

"여기에서 그 한마디 한마디를 절절히 느꼈기 때문이야."

'여기'라고 하면서 그는 자신의 가슴을 엄지로 가리켰다. 원숭이 같다. 비싼 명품 옷을 입은 원숭이.

"내가 정말로 너를 사랑하니까, 데이지 다이아몬드. 그래, 널 사랑해."

그의 목소리는 갈라져서 소년의 그것 같았다.

"너를 사랑하는 게 틀림없어. 더 이상 운동하기 싫어진 게 무슨 뜻이겠어? 너를 침대에 들일 수 없다면 그 운동이 무슨 의미가 있어?"

그러고는 그녀가 멍하니 바라보고 있는 동안 벤이 그녀를 당겨서 키스했다. 예상치 못한 고백에 충격을 받은 데이지는 잠시 그대로 서 있었다. 그는 이것을 허락으로 생각한 듯, 그녀에게 팔을 두르고 입에 혀를 들이밀었다.

"악!"

데이지는 거칠게 벤을 밀쳤다.

"내가 방해를 한 건가?"

그녀는 소리가 나는 쪽을 향해 몸을 돌렸다. 그 목소리를 알아듣고는 갑자기 얼굴이 화끈거렸다. 그 얼굴, 쌍꺼풀 진 짙은 두 눈으로 바라보는 시선.

"닉!"

젖은 바닥에 휘청거리던 벤은 못 믿겠다는 듯이 닉을 바라보더니 이내 분노의 표정을 지었다.

"이…… 이 사람은 누구야? 설마 콘월에서 만난 그 자식은 아니겠지? 결혼했다는 그 자식? 신문 내용은 다 거짓말이라고 했잖

아. 그냥 하루 바람피운 사람이라며."

"그럴 땐 그냥 하룻밤 상대라고 해야지. 아는 척한다고 할지 모르지만 바람은 대개는 하루보다는 더 긴 기간을 말하는 거거든. 물론 이 상황으로 오기까지 십 년이 걸리긴 했지. 그래서 바람이란 말도 우리 상황을 설명하기에는 너무 짧은 게 아닌가 싶어. 왜냐하면, 미안한데 우리는 아직 안 끝났거든."

벤은 그를 노려보다가 주먹을 들어 보였다. 닉은 별로 상관하지 않고 농담으로 결투하자는 시늉을 한다는 듯이 가볍게 넘겼다. 그러고는 데이지를 보았다.

"다이아몬드, 당신을 구해줘야 할 것 같은데. 아니면 뭐 백마 탄 왕자 콤플렉스 때문에 괜한 짓을 한 건가?"

닉을 보는 것이 이렇게 기쁠 수가 없었다. 서점에서 보낸 그 끔찍했던 마지막 날 이후로 그녀의 가슴을 꽉 막고 있던 응어리들이 모조리 흘러나와 이제는 목을 막고 있는 듯했다. 눈이 커지고 온몸이 주체할 수 없이 떨렸다.

"나…… 나는……."

"당신, 내가 누군지 알아?"

"벤 도버잖아. 그럼 계속해봐."

벤이 무슨 말인가 하는 눈빛으로 물었다.

"뭘 계속하라는 거야?"

"숙이는 거 아니었어?"

데이지는 자기도 모르게 콧방귀 비슷한 '큭큭' 소리를 내며 작게 웃었다. 벤이 끈질기게 다가와서 생긴 두려움과 혐오감이 사라지고 마음이 밝아진 느낌이 들었다. 이제 닉의 모습에서 더 이상 슬픔이 느껴지지 않았다.

내가 무슨 말을 하고 있는 거지? 내가 지금 이곳에서 닉을 원하고 있었을까? 그는 자기를 버리고 결혼하고, 포트폴에서도 그렇게 자기를 버렸는데?

"젠장."

그녀는 눈을 감으며 중얼거렸다.

악마 같은 남자다. 하지만 닉은 분별 있는 남자의 모습으로 자신을 감출 때보다 이렇게 사악한 모습이 훨씬 낫다는 것만은 확실했다.

데이지는 차에서 우산을 꺼내 벤에게 갔다.

"자, 가져가요. 아직 비가 내리고 있으니까요. 월요일에 돌려줘요."

"이…… 이걸로 내가 당신을 포기했다고는 생각하지 마."

"저 사람 이름은 닉이에요."

그녀는 싸늘하게 말하고 조수석의 문을 열었다.

"닉, 차에 타. 하고 싶은 얘기가 있어. 단둘이."

벤을 보고 있던 닉은 그녀에게 시선을 돌리더니 어깨를 으쓱하고 무표정한 얼굴로 포르쉐에 올라탔다.

"잘 가요, 벤. 이쪽으로 가면 돼요."

"하지만……"

"아니, 그만 가요."

"이대로 당신을……"

"월요일에 봐요. 주말 잘 보내고. 물론 엄마와 함께."

그녀는 운전석으로 와서는 벤에게 시선을 주지도, 그의 대답을 듣지도 않고 포르쉐에 몸을 실었다. 닉은 고개를 돌리고 벤이 기차역으로 가는 모습을 보았다. 그러고는 그녀를 보았다. 웃음이 사라졌다.

"데이지."

그녀는 감독이 촬영에서 요청한 대로 셋까지 셌다. 감독은 더 극적인 효과를 위해서라고 했다. 하지만 지금은 목소리를 가다듬을 필요가 있었고 평소의 무관심한 얼굴을 만들어야 했다. 마지막으로 대화를 나눴던 그때의 닉의 표정처럼. 그녀를 거의 죽일 뻔했던 그 표정. 아직도 데이지의 악몽에서는 그 얼굴이 나왔다.

"여긴 무슨 일로 온 거야, 닉?"

"너를 만나려고."

"우리 사이에 얘기는 끝난 걸로 아는데."

심장이 빠르게 뛰고 괴롭게도 손이 너무 떨렸지만 데이지는 최대한 차분하게 말했다. 떨리는 손을 감추려고 핸들을 쥐고 있는 손가락을 감았다.

"그럼 다른 할 말 없으면······"

"나 이혼 준비 중이야. 정식으로. 그리고 이번에는 한나도 그렇게 하기로 동의했어. 시간은 좀 걸렸지만 결국 한나를 설득해서 별거하고 있어. 프레드가 죽었으니 한나도 자기 인생을 살아야지."

"프레드가 죽었다고?"

닉이 고개를 끄덕였다.

"그런데, 프레드가 누구야?"

"앤디의 아버지. 그 철물점 주인. 한나가 지난 십 년간 만나왔던 남자. 내가 전에 해준 얘기 기억나지? 그 사람 이름이 프레드야."

"그래, 이제 생각난다. 그 사람 이름인지 몰랐어."

"그 사람이 프레드야. 그리고 전에 말했듯이 한나는 그 이후로 힘든 시기를 거쳤잖아. 이해할 수 있을 거야."

"이제 드디어 이혼을 하는구나."

데이지는 상황을 이해하려 애쓰며 말을 덧붙였다.

"그런데 되게 차분하네."

닉은 어깨를 으쓱하며 자조적인 웃음을 지어 보였다.

"한나를 사랑한 적은 없었어. 하지만 한나에게는 정당한 대우를 해줘야지. 내 실수니 내가 책임진 거야."

"구식이지만 신사적이네."

"내가 결혼하지 않았으면 한나 아버지가 한나와 절연했을 거야. 포트폴은 런던처럼 큰 도시가 아니야. 예전의 가치들이 아직도 중요하게 받아들여지는 곳이지."

닉은 잠시 말을 멈췄다. 속삭이는 듯한 그의 목소리에 데이지의 몸이 긴장되었다.

"데이지, 네가 그 상황이라면 어떻게 됐을 것 같아? 우리가 단한 번 잤는데, 내가 바보처럼 너를 임신시켰다면 어떻게 됐을까? 서로에 대한 감정도 가지고 있지 않은데 말이야. 내가 너를 버리는 게 더 좋았을까? 혼자 아이를 키우는 게 애정 없는 결혼을 견디는 것보다 나을까?"

데이지는 죄책감을 느꼈다. 그 당시 닉은 아직 십 대였지만 임신한 여자를 위해 의무를 짊어졌고, 그런 그를 자신은 조롱했던 것이다.

"어쨌든 몇 주 전에 네가 떠난 후 한나에게 치료를 받아보라고 권했어. 사별로 인한 상실감을 치료하라고. 한나가 까다로운 여자라고는 해도, 앤디의 아버지를 깊이 사랑했던 건 사실이니까. 자기보다 훨씬 나이가 많은 사람이었지만 그가 죽은 게 아직도 큰 충격인 것 같아. 자신의 슬픔을 공개적으로 표현하지도 못했

169

고. 둘의 사랑은 비밀이었으니까 말이야. 자기 혼자 슬퍼하지도 못했지. 루시가 이해를 못 했을 테니까."

연민의 빛이 닉의 얼굴에 떠올랐다.

"아마 네가 포트폴에 왔을 때, 한나가 왜 그렇게 막무가내로 행동했는지 그걸 생각하면 조금 이해가 될 거야. 그리고 우리는……."

데이지는 더 이상 그의 시선을 받아낼 수 없어서 고개를 돌렸다.

"알았어."

"이제 한나도 이혼에 동의했고, 루시의 양육권도 가져오기로 했어. 소송 없이."

"그 대가로 뭘 주는 거야?"

"합의금을 마련하고 있어. 내가 마련할 수 있을지는 모르지만 트루로에 집을 임대할 수 있을 만큼은 되어야 해. 한나는 대학에 가서 공예를 배우려고 하는 것 같아. 손재주가 있거든."

"그렇구나."

닉은 시선을 옆으로 돌려 데이지를 보았다.

"질투 나?"

가벼운 질문이었지만 그의 목소리에 작은 떨림이 있었다. 그녀는 무슨 말을 해야 할지 몰랐지만 말하는 닉을 흘겨보았다.

그는 웃었고 데이지는 자신을 보다가 길거리로 시선을 돌리는 그 눈 속에 낯선 감정을 감지했다. 도로는 비로 젖어 있었고, 집으로 향하는 통근자들의 서두르는 얼굴들이 보였다.

"음. 언제나 그럴 가능성은 거의 없었지."

"닉, 여기에 왜 온 거야?"

데이지는 의도한 것보다 더 다그치듯 물었다. 하지만 그 옆에 이렇게 앉아 있는 것보다 가질 수 없었던 그 모든 것들을 회상하는 것이 더 슬펐다.

그는 자기의 아내에 대해서 뭔가를 더 말하기 시작했고, 데이지가 그 말을 끊고 물었다.

"한나나 루시, 포트폴 소식은 궁금하지 않아. 나는 모든 것을 버리기로 했어. 완전히 내 일에만 집중하려고. 십 대에 내가 했든, 하지 않았든, 내 과거가 아니라. 정말로 왜 여기 온 거야?"

닉은 한참을 자기의 손을 내려다보았다.

"미안해."

그녀는 자기에게 속내를 털어놓지 않으려는 닉 때문에 미칠 지경이었다.

"하지만 이런 건 잘 못하겠어. 집에 가, 닉. 포트폴로. 네가 있어야 할 곳은 거기야. 나는 여기에 있고. 우리가 사는 세계는 서로 달라. 만날 수 없어."

"그래?"

"네가 솔직하게 말하지 않으면⋯⋯."

"무슨 말?"

닉은 이윽고 고개를 돌렸고 그 눈에 갇힌 데이지의 심장이 철렁 내려앉았다.

"너를 사랑한다는 말?"

그녀는 자기도 모르게 숨을 멈췄다. 눈이 커졌다.

"너를 사랑해서 왔어."

닉은 손을 뻗어 손등으로 그녀의 볼을 부드럽게 쓸며 말했다.

"신에게 빌었어. 한나를 사랑할 수 있도록 해달라고. 동시에 그녀에게 벗어나게 해달라고. 그리고 내가 원하는 것을 할 수 있도록. 또 너를 사랑하지 않게 해달라고⋯⋯. 수년 동안 노력했어. 네가 떠난 이후로 수없이 되뇌었지. 너를 사랑하지 않는다고. 너를 결코 사랑하지 않았다고. 하지만 소용없었어. 그런데 갑자기 기도가 효력을 발휘했어, 데이지. 네가 틀렸어. 불가능하지 않아. 우리가 서로 사랑한다면."

"우리가 서로 사랑해?"

닉은 한 손으로 그녀의 뒷목을 잡고 앞으로 끌어당겼다. 천천히 그리고 조심스럽게. 밀어내려면 얼마든지 밀어낼 수 있었다.

"그래."

"너⋯⋯ 너는 한 번도 말하지 않았어."

"사랑해. 사랑해, 데이지 다이아몬드. 그리고 나는 너도 나를 사랑한다고 생각해. 그것 때문에 내가 좀 많이 바보 같은 짓을 했지."

"그건 맞아."

"나중에 나를 때려도 좋아. 우선은 너도 나를 사랑한다고 말해 줘. 사랑은 쌍방으로 달리는 길이잖아."

"나에게는 막다른 길인걸."

"데이지!"

그가 경고하듯 말했다. 데이지는 그에게 절대 말하지 않겠다고 자신과 약속했다. 하지만 자신의 목소리에서 감정이 넘쳐흘렀다.

"그래, 사랑해. 널 사랑해 닉…… 이 악마."

그는 눈 속에 이는 욕망의 빛을 숨기기 위해 잠시 눈을 감았다.

"아, 내 사랑. 이 순간을 내가 얼마나 꿈꿔왔는지 네가 알까?"

"아, 나도 똑같은 생각을 했어."

닉은 데이지의 입술을 뚫어져라 쳐다보며 엄지로 그녀의 입술을 만졌다.

"십 년 동안 하루에도 몇 번씩이나 생각했다는 거야?"

닉은 머뭇거리다가 고개를 끄덕였다.

"아마 그럴 거야. 너는 언제?"

"나도 그래."

"우리 둘 다 바보야."

"너는 아직도 결혼한 상태잖아."

그녀는 가볍게 말했지만 그의 입에서 시선을 뗄 수가 없었다. 둘의 입술은 서로의 숨결이 닿는 거리에 있었다.

"그렇게 오래 걸리지는 않아. 그리고 오해는 하지 마. 나는 이혼이 성립될 때까지는 기다리고 싶어."

"그런 말 하지 마!"

"네가 혼자가 좋으면 나와 결혼할 필요는 없어."

닉은 더듬더듬 말했다. 그녀는 닉이 저 말을 하기 위해 얼마나 양보를 했는지 그 빨개진 볼을 보고 알 수 있었다.

"그리고 루시에게 새엄마가 생기는 게 너무 성급하다는 것도 알고 있어. 하지만 무슨 일이 있어도 산뜻하게 우리 둘 사이를 시작하고 싶어. 한나도 없고, 불륜도 아닌 상태에서 말이야. 기쁨을 뺏기는 일 없이 진정한 시작을 하는 거지."

닉의 목소리에 묻어나는 진심과 순수한 감정이 느껴졌다. 데이지는 눈물을 머금고 그에게 키스했다. 그가 이처럼 자신의 진심을 드러내리라고는 생각하지도 못했고, 자신의 감정을 잘 표현해줄 말도 생각나지 않았다. 하지만 키스는 그 어떤 말보다도 더 적절하게 자신의 감정을 표현해주었다.

닉은 잠시 뻣뻣이 앉아 데이지의 키스에 반응하지 않다가 서서히, 간질거리며 키스해 왔다. 그녀는 손가락으로 젖은 그의 머리를 쏠며 과거를 생각하고 눈을 감았다.

"사랑해. 내 사랑스러운 악마. 그 누구보다도 사랑해. 사실 너를 사랑하지 않은 적이 없었어. 내 마음의 소리를 내가 듣지 않았을 뿐이야."

닉은 뭔가 실재적인 것을 원하는 걸까? 하지만 이 순간, 비 내리는 주차장, 그녀의 차 안에서 사랑과 사랑의 말 그리고 키스가 함께하는 이 순간보다 더 실재적인 것은 없을 것이다.

키스가 깊어지자 닉은 데이지를 팔로 감쌌다. 손끝으로 격하게 뛰는 그의 심장 박동을 느낄 수 있었다. 그는 사랑의 말을 속삭이며 그녀의 등을 어루만졌다. 그는 얼굴을 그녀의 머리에 묻으며 한 손으로 등을 쓰다듬었다. 데이지는 고양이처럼 몸을 구부렸다.

그런데 닉이 그녀를 옆으로 제쳤다. 실망의 표정이 그녀의 얼굴에 퍼지자 그가 교활하게 웃었다.

"미안해, 데이지. 하지만 이렇게 계속 키스만 하고 있을 수는 없어. 산뜻한 출발을 하겠다는 내 결심을 망치고 말 거야."

그녀는 그가 무슨 말을 하는지 이해했지만 무언가 마음에 걸렸다.

"닉?"

"왜, 내 사랑스러운 여인?"

닉이 자신을 그렇게 부르니 순수한 기쁨이 차올랐다.

"닉, 내 사랑. 아까 네가 했던 말. 내가 루시의 새엄마가 되는 거 말이야. 그럼 나랑 결혼하고 싶다는 말이야? 한나 때문에 결혼 공포증이 있는 건 아니지?"

"물론, 너와 결혼하고 싶어. 네가 원한다면 말이야. 내가 한나에게 그랬던 것처럼 그저 막다른 길에 몰려 하고 싶진 않아."

"나도 너와 결혼하고 싶어. 억지 같은 건 없어. 그리고 기꺼이 루시의 새엄마가 되고 싶어. 다만 루시가 그걸 받아들일까? 나를 미워하지는 않을까? 엄마에게서 아빠를 뺏어간 여자라고."

닉은 잠시 생각하더니 고개를 저었다.

"그렇지 않을 거야. 루시는 똑똑한 애야. 우리 결혼 생활이 얼마나 힘들었는지 잘 알고 있어. 루시가 널 좋아하기도 하고. 서서히 해결해가자. 하나씩 하나씩."

"하나씩 하나씩……."

그 말에 여러 가지 의미를 되새기는 동안 갑자기 눈물이 났다. 닉은 그런 데이지의 모습을 보고 당황했다.

"아, 데이지, 왜 그래?"

"아니야. 아니야."

그녀는 넘어가는 소리로 힘겹게 말했다. 그가 건네준 휴지로 코를 세게 풀었다.

"모든 게 너무 잘 풀려서. 포트폴로 돌아갈 수 있어서, 그리고 너를 다시 만나게 돼서 너무 좋아. 그리고…… 벤 같은 남자랑 만나지 않아도 돼서."

"나도 기뻐. 네 에이전트가 길길이 날뛸 걸 생각하니."

그렇게 말하는 닉의 눈에는 이미 악마가 들어선 것 같았다.

"네가 데이지 도버가 되길 바라는 사람은 아무도 없을 거야."

에필로그

"루시, 도대체 뭐 하고 있니?"

루시가 말없이 웃고만 있어서 데이지는 흔들의자에서 일어나 카운터에서 무슨 일이 있는지 알아내려고 애썼다.

다행히 새로 연 가게는 그렇게 크지 않아서 많이 걷지 않아도 되었다. 하지만 층고가 높아 별의별 책들이 그 높은 책장에 빼곡히 들어차 있었고, 루시의 말대로 도저히 책이 들어가지 않을 법한 곳에도 책이 들어가 있었다.

새로운 서점은 타협으로 나온 작품이었다. 좋은 것은 유지하고 예전 것은 버리는 방식으로 만든 가게였다.

그 작은 마을에 텔레비전 스타들이 대거 하객으로 참석하고, 파파라치 군단이 몰려들어 현지 사람들의 눈이 휘둥그레졌던 떠들썩한 결혼 후에, 닉은 데이지가 계속 일을 할 수 있도록 런던으로 거처를 옮기자고 주장했다. 하지만 결국 아이가 생겨서 어쩔 수 없이 그녀는 몇 개월간 쉬어야 했다. 하지만 그녀는 자기 때문에 닉이 서점을 포기하는 것이 마음에 들지 않았다.

그래서 닉은 런던에 작은 장소를 임대한 후 문 위에 악마의 책방이라는 간판을 달고 새로운 가게를 열었다. 이곳에서 데이지는 계속 배우로서 일할 수 있었고, 그는 중고 책을 팔아 생활할 수 있었다. 물론 포트폴보다 집값이 비싸서 그녀가 처음 몇 달은 도와줘야 했다. 하지만 지금은 유명인사가 종종 책방을 둘러보는 모습이 포착되곤 해 가게에 꾸준히 방문하는 단골손님도 생기기 시작했다.

유리가 깔린 카운터에서 데이지는 당황한 눈으로 빛나는 사진들을 내려다보았다. 완벽하게 화장을 끝낸 데이지 다이아몬드가 〈다우너스〉의 세트장에서 의상을 입고 카메라를 보며 비밀스럽게 웃는 모습이었다. 그런 사진들이 여러 장 흩어져 있었다.

"이 사진들은 뭐야, 루시? 너는 왜 거기에 사인을 하고 있어? 꼭…… 내 사인처럼 보이네?"

그녀의 목소리가 높아졌다. 장난기 많은 딸은 뉘우치는 기색 없이 웃었다.

"오늘 아침에 이것들이 가게에 도착했는데, 아빠가 엄마를 방해하지 말라고 했어요. 퀵서비스로 왔어요. 아, 꽤 섹시했어요. 그 배달한 사람 말이에요. 검은 가죽 옷을 입고 있었는데, 헬멧을 벗으니까……"

"루시!"

"알겠어요. 사진에 다 사인을 해야 해요. 엄마 사인이요. 그리고
내일 정오까지 보내야 해요. 어디 큰 온라인 업체가 무료 사은품
이라고 내건 것 같아요. 엄마가 저 의자에 졸고 계시고, 아빠는 체
리 절임을 더 사온다고 하고. 그래서 제가 하기로 한 거예요."

루시는 자신의 생각을 떨쳐내기 위해서 몸을 일부러 떨었다.

"그런데 엄마는 그렇게 미끌미끌한 걸 어떻게 그리 많이 먹을
수 있는지 모르겠어요."

"루시?"

"어쨌든 엄마를 대신해서 내가 사인하는 게 낫다고 생각했어요.
데이지 다이아몬드처럼 사인하는 거예요. 그렇게 걱정스러운 표
정 짓지 마세요. 전 엄마 사인을 완벽하게 따라 할 수 있으니까요."

루시는 그 말을 증명하듯 검정색 마커 펜을 들고 또 다른 사진
에 사인했다.

"보셨죠? 데이지 다이아몬드."

"이런, 루시."

데이지는 이 소녀의 순진함에 웃을 수도 없어서 신음했다.

"그러면 안 돼, 루시. 네가 진심으로 나를 생각한다는 걸 알고
있으니 크게 혼내지는 않을 거야. 자, 펜 이리 줘."

주위를 둘러봤지만 편히 앉을 데가 없었다. 스툴은 안 된다.

"서 있어야겠다. 사인해야 할 사진이 얼마나 남았어?"

루시는 카운터의 커다란 상자 안을 확인했다.

"음, 또 하나 있고……. 삼백 장 이상이에요."

"삼백 장?"

"대략이요."

데이지는 펜을 카운터에 던졌다.

"마음이 바뀌었어. 네가 잘 해봐. 다시 내 의자로 가서 쉬어야겠어."

그녀는 왔던 길을 뒤뚱거리며 걸어갔다. 천천히 어기적어기적 걷다가 잠시 후 멈췄다.

배 속에서 뭔가가 움직였다. 움직였다 멈추고, 다시 움직이더니 갈비뼈를 격렬하게 때렸다. 마치 고래가 어항에서 회전하는 것 같았다.

루시는 사인을 하다 말고 걱정스러운 눈으로 바라보았다.

"왜, 왜 그러세요? 나올 것 같아요?"

"조용, 조용!"

"내 손으로 아이를 받아야 한다면 엄마한테 토하거나 기절할지도 몰라요. 아니면 둘 다 할지도 몰라요. 그럼 정말 엉망이 될 거예요."

루시의 시선은 멈춰 있는 데이지에게 고정되어 있었다.

"아, 제발 제발, 그렇다고 말하지 마세요. 엄마, 엄마?"

루시의 눈은 공포로 가득했고, 얼굴은 창백해졌다.

"하느님, 제발. 제가 미치기 전에 뭐라고 말 좀 해봐요, 엄마."

데이지는 커다란 배를 양손으로 쥐고 배 안의 움직임에 주의를 기울였다. 몇 초 동안 숨을 멈추고 루시를 보고 다시 숨을 내쉬었다.

"아니야."

데이지는 안도하며 대답했다. 그러고는 뒤뚱거리며 걸어가서 엉덩이를 의자에 맞춰 배를 안고 앉았다.

"아직 아니야."

루시의 어깨가 극적으로 내려갔다.

"아쉽네요. 또 다시 가짜 수축이라니."

루시가 지긋지긋하다는 듯이 말했다. 그러고는 아무런 감흥 없이 사진에 데이지 다이아몬드의 이름을 사인하며 고개를 저었다.

"이번 주만 다섯 번째예요. 계속 세고 있었어요. 엄마가 그걸 조절할 수 있으면 좋은데 말이에요. 출산을 학기 중에 하면 어떻게 해요."

"너를 불편하게 해서 미안하구나."

루시는 퉁명스러운 그 말에 미소를 지으며 계속 변명을 했다.

"그러니까요. 이 스트레스를 이기려면 진정제가 필요할 지도 몰라요. 아빠는 왜 엄마를 집이나 그런 데 들여보내지 않는 걸까요?"

"집?"

데이지는 멍하니 루시를 보았다.

"사라 할머니가 계시는 그곳 말하는 거니?"

"아니면 호스피스 같은 데요."

"그건 더 심하지. 거긴 죽어가는 사람을 위한 곳이거든."

"어머, 죄송해요."

루시는 얼굴을 찡그리며 급히 사진에 사인을 했다.

"몰랐어요. 제가 모든 걸 알 수는 없으니까요. 그러니 아빠도 엄마를 위해서 미리 병원에 입원시켜야 하지 않을까요? 산부인과에 말이에요. 그럼 거기서 출산을 준비할 수 있잖아요. 의사, 산파, 간호사, 정비사들이 항시 대기를 하고 있으니까요."

"정비사? 애를 낳는 거지, 차를 수리하러 가는 게 아니야."

데이지는 깊은 숨을 쉬고는 만족스러운 눈으로 새롭게 연 책방 안을 둘러보았다.

"음. 오래된 책 냄새가 너무 좋구나."

"엄마는 좀 이상해요."

그리고 대사를 외우거나 하는 일을 하지 않는 일상도 좋았다. 그녀는 눈을 감고 하품을 늘어지게 하면서 닉이 돌아오기 전에 특별히 할 게 없는 그 여유로움이 너무 좋았다. 물론 곧 말도 없이 바빠질 테지만.

그래도 적어도 이른 아침부터 저녁 늦게까지 일하지 않아도 되었다.

잠시 후, 가게 문에 달린 방울이 딸랑 하고 소리를 냈다. 루시는 올려다보고는 손을 흔들었다. 혈색이 돌아와 있었다. 안도를 하는 것도 이해가 간다. 흥분해서 루시의 목소리가 커졌다.

"휴, 다행이다. 아빠가 돌아왔어요. 엄마 주려고 체리 절임을 잔뜩 사온 것 같아요. 아빠! 엄마는 그걸 그렇게 많이 먹지는 않는다고요."

"그건 내가 판단해."

데이지가 엄하게 말한 후 웃는 얼굴로 닉을 올려다보았다. 그는 붉은 리본이 달린 커다란 꾸러미를 들고 나타났다.

"루시 말이 맞긴 하네. 정말 크긴 하다. 다 내 거야?"

"세상의 체리를 다 가져왔어."

그는 의자에 머리를 숙이고 데이지에게 키스했다.

"음. 아무래도 아직은 필요하지 않겠네. 저거 안 먹어도 달콤해."

데이지는 그의 키스에 눈을 감았다. 온몸에 관능적인 감각이 천천히 일었다. 두 사람이 오해로 한때 그렇게 바보짓을 했다는 사실이 정말이지 이해가 되지 않았다.

데이지는 그의 사랑을 통해 따스함과 안락함을 느끼고 있었다. 이것은 단지 결혼하고 그녀가 '민감한 상태'에 있기 때문만은 아니었다. 그녀의 아버지는 임신을 이렇게 표현했다. 주차장에서 닉이 포트폴에서 왜 그렇게 냉담했는지 고백한 이후로 데이지는 그의 마음을 이해하고, 용서했다.

그가 가게로 오자 그녀는 조금 안심을 했다. 루시에게는 말하지 않았지만 사실 어젯밤 이후로 배에 약간의 통증과 땅김이 있었던 것이다.

아직 예정일까지 이 주나 남아 있었다. 때문에 전문가도 아닌 데이지는 억측을 하고 싶지는 않았다. 하지만 그녀의 모성 본능은 오늘이 그날이라고 말해주고 있었다.

"그 말 들으니 기분이 좋네."

그녀는 닉의 눈을 바라보며 속삭였다. 그는 그녀에게 웃어 보인 후 몸을 펴고 아름답게 포장된 꾸러미를 건넸다.

"열어봐."

당황한 데이지는 붉은 리본을 잡아당겨 포장지를 찢었다. 작은 핑크색 털의 두 마리 곰 사이에 커다란 체리 상자가 있었다.

"너무 예쁘다!"

데이지는 탄성을 지르며 의자에서 힘들게 일어나 그에게 다시 키스했다.

"아기 침대에 놓을 거지?"

"아니, 일어나지 마."

닉이 말했지만 이미 늦었다. 데이지는 그에게 키스하고 꼭 껴안았다.

"너무 멋져, 자기."

그녀는 작은 소리로 속삭이고는 신음했다.

체리 박스가 떨어졌다.

곰 두 마리도 떨어졌다.

다시 신음 소리가 들렸다.

배에서부터 올라오는 깊고 깊은 신음 소리가 천둥과 번개처럼 책방 안을 울렸다. 이 특별한 순간에 손님이 없다는 것이 다행이라는 생각이 들었다. 데이지의 얼굴은 어딘가 도망쳐 어두운 곳에 숨고 싶다는 본능과 싸우느라 빨개졌다. 닉은 그녀의 어깨를 잡고 이름을 불렀다.

"데이지?"

그녀가 대답을 하지 않자 목소리가 갈라졌다.

"데이지, 괜찮아? 왜 그래?"

커다랗게 부푼 배 아래쪽에서 찌르는 듯한 통증이 느껴졌다. 그녀는 찬찬히 숨을 고르고는 천천히 등을 펴고 닉을 보았다.

"이제 좀 괜찮아졌어."

"데이지 다이아몬드. 방금 알았는데……"

"오늘은 가게 문을 일찍 닫는 게 좋을 것 같아."

그녀는 남편에게 놀라우리만치 차분하게 말했다. 아기가 곧 나올 것 같았다.

"그리고 제발 진정해. 난 괜찮아."

"가게를 닫으라고?"

데이지는 닉에게 키스했다.

"아닐 수도 있는데, 우리 아기가 나올 것 같아."

세 시간 후 제왕절개를 받은 데이지는 회복실의 침상에 누워 있었다. 팔에는 부드럽고 작고 좋은 냄새가 나는 아기가 안겨 있었다.

수술 내내 밖에서 서성대던 루시는 흥분으로 얼굴이 빨개져 있었다.

"쌍둥이예요. 여동생이 두 명이나 생겼어요. 정말 멋져요!"

루시는 작은 얼굴을 번갈아 보고 주저하며 말했다.

"둘 다 여자아이죠? 남녀 쌍둥이는 아니죠?"

"둘 다 여자아이야."

활짝 웃는 그의 얼굴에 웃음이 가시지 않았다.

"데이지는 정말 멋진 여인이지? 저 경막 주사가……"

"거짓말."

데이지는 저 바늘이 척추에 꽂혔을 때 움찔했던 것을 생생히 기억하고 있어서 소리쳤다.

정말 움찔했다. 사실 세 명의 간호사와 숙련된 산파가 그녀를 안정시켜서 그나마 주사가 들어간 것이다.

다행히 방에는 사람들이 가득했다. 쌍둥이를 받기 위해 대략 스물다섯 명의 직원이 달려든 것 같다. 그중 일부는 실습생이라고 닉이 확인해주었다. 하지만 출산실은 후끈했고 마지막에는 사람들로 가득했다. 출퇴근 시간의 킹스크로스 역에서 출산을 한 듯한 느낌이었다. 데이지는 미소를 지으며 말했다.

"자기가 못 볼 줄 알았어. 자기는 그때 손으로 눈을 가렸잖아. 기억나."

"아니야."

"그러고는 누군가에게 창문을 열어달라고 했어. 자기는 아마도 기절……"

"그건 걱정 마, 자기야. 선생님이 그러시는데 제왕절개는 안타깝지만 결과가 중요하다고 했어. 나는 이제 사랑스러운 세 딸들의 아빠가 됐어. 지금 해야 할 일은 이 작은 아가들의 이름을 짓는 일이야."

그녀를 향해 웃는 닉의 눈에는 자랑스러움과 사랑이 가득했다.

그는 데이지와 아이들에게 빠져 있었다.

"나는 정말 행운의 사나이야."

"정말 너무 예쁘지."

"그리고 딸이 최고예요."

루시가 턱을 내밀며 말했다. 그리고는 재빨리 덧붙였다.

"아들이 최고가 아니라는 건 아니지만……. 아니 아들도 좋아요."

루시는 아빠를 곁눈질했다. 하지만 닉은 딸의 성차별적 말을 눈치채지 못한 것 같았다. 그저 아기의 볼을 어루만지며 믿을 수 없다는 듯 작은 귀를 바라보고 있을 뿐이었다.

"어찌 이리 작을까? 그런데도 너무 완벽해."

그가 중얼거렸다.

"다음에는 아들을 낳을 거야."

데이지는 두 갓난아기를 보며 말했다. 산파는 아기들을 포대기로 단단히 감싸고는 양옆으로 한 명씩 끼고 나갔다. 하얀 린넨 천을 둘둘 말아 모자를 씌운 모양새였다.

"방금 뭐라고 했어? 다, 다음번이라고?"

닉이 바보 같은 표정으로 데이지를 올려다보며 물었다.

"나는 대가족이 좋아. 세 명으로 만족하는 건 아니겠지, 설마? 한…… 열 명은 돼야 하지 않겠어?"

"열 명?"

"너무 많아?"

"아빠, 아빠?"

대답을 못하고 창백한 얼굴로 데이지를 바라보기만 하는 닉을 루시가 불렀다.

"엄마가 농담한 거예요, 아빠."

"농담?"

그는 못 믿겠다는 듯이 데이지를 보았다. 그녀가 웃음을 참고 있었다.

"이…… 악마!"

그는 소리치면서 웃음을 터뜨렸다.

"내가 누구에게 배웠게?"

데이지는 능글맞게 얘기한 후 루시에게 윙크했다.

작고 이상한 책방

초판1쇄 인쇄 2019년 12월 26일
초판1쇄 발행 2020년 1월 10일

지은이 베스 굿
옮긴이 이순미

발행인 신상철
편집인 이창훈
편집장 신수경
편집 정혜리 김혜연
디자인 디자인 봄에
마케팅 안영배 신지애
제작 주진만

발행처 (주)서울문화사
등록일 1988년 12월 16일 | 등록번호 제2-484호
주소 서울시 용산구 한강대로43길 5 (우)04376
편집문의 02-799-9346
구입문의 02-791-0762
팩시밀리 02-749-4079
이메일 book@seoulmedia.co.kr

ISBN 979-11-6438-016-9 (03840)